Wolf von Angern Cholera

Wolf von Angern war Rechtsanwalt von Beruf. Unter mehreren Pseudonymen verfasst er seit vielen Jahren Artikel für bekannte Zeitschriften und überregionale Zeitungen. An über dreißig Buchprojekten war er als Autor, Mitautor oder Ghostwriter beteiligt. Er lebt abwechselnd in Berlin oder auf dem Stammsitz seiner Familie in Schweden. *Cholera* ist nach *Todeszeit* (2015) der zweite Kriminalroman rund um Wolf von Angerns Urgroßvater, den preußischen Kriminalpolizei-Inspektor Louis von Angern.

Louis Maria Helfricht von Angern (1846–1936), ein enger Freund Theodor Fontanes, klärte bis zu seiner Pensionierung im Jahr 1910 zahlreiche schwere Verbrechen auf. Bei einigen Fällen lieferte der berühmte Schriftsteller wichtige Hinweise, die wesentlich zur Überführung des Täters beitrugen.

Wolf von Angern

Cholera

Louis von Angern ermittelt
Ein Fontane-Krimi

Bild und Heimat

Von Wolf von Angern liegt bei Bild und Heimat außerdem vor:

Todeszeit. Louis von Angern ermittelt. Ein Fontane-Krimi (2015)

ISBN 978-3-95958-061-8

1. Auflage

Umschlaggestaltung: fuxbux, Berlin
Umschlagabbildung: © akg-images / PAL / PB
Druck und Bindung: GGP Media GmbH, Pößneck

Ein Verlagsverzeichnis schicken wir Ihnen gern:
BEBUG mbH / Verlag Bild und Heimat
Alexanderstr. 1
10178 Berlin
Tel. 030 / 206 109 – 0

www.bild-und-heimat.de

Für meinen Urgroßvater
Louis Maria Helfricht von Angern (1846–1936)
und für Peter Paul Baron von Derschau

Namensverzeichnis

Ackermann, Conrad – Leichenbeschauer
Angern, Louis Maria Helfricht von – Kriminalpolizei-Inspektor
Angern, Therese von – seine Ehefrau
Angern, Florentine Therese von – seine Tochter
Angern, Trauthelm Louis von – sein Sohn
Balau, Sebastian von – Stiefbruder des Barons von Jouquiers
Balau, Radomila von – seine Ehefrau
Bärenzung, Paul – Kriminalkommissar
Baudessin, Franz von – Kreisphysikus
Cohn, Max – Hausdetektiv
Fontane, Theodor – Dichter
Fontane, Emilie – seine Ehefrau
Fontane, Mete – seine Tochter
Grolman, Maximilian von – Hochstapler
Gumpert, Albrecht – Stellmacher
Hirschberg, Emil – Droschkenkutscher
Hupka, Margarete – Taschendiebin

Jorbandt, Robert – Assistent des Leichenbeschauers
Jouquiers, Baron Oscar Xaver von – Fabrikant & Möbelhändler
Jouquiers, Philippine von – seine Ehefrau
Klitzing, Theodor von – Cousin des Barons von Jouquiers
Klitzing, Adelaide von – seine Ehefrau
Loewensohn, Julius – Arzt
Maquet, Christoph – Taschendieb und Akrobat
Plonsker, Curt – Kriminalkommissar
Richthofen, Bernhard Freiherr von – Polizeipräsident
Schröter, Hermann – Möbelhändler
Werner, Carl – Page

Einleitung

Meine Vorfahren stammen aus einem Ort namens Angern. Das ist eine kleine Gemeinde im Landkreis Börde in Sachsen-Anhalt. Der Name leitet sich vom Dorfanger her, einem größeren Rasenplatz in der Mitte einer Ansiedlung. Ab dem Jahr 1160 ist die Herkunft meiner Familie durch Urkunden belegt. Einer meiner frühen Ahnen war Theoderich von Angern, der mit dem Markgrafen Heinrich dem Bären in die Altmark gekommen sein soll.

Im Dreißigjährigen Krieg wurde das Dorf fast völlig zerstört. Der Zweig der Familie, von dem ich abstamme, flüchtete ins Umland und ließ sich später in Brandenburg an der Havel nieder. Dort kam es zu einer Vermischung mit den dort angesiedelten Hugenotten, in deren Folge mein Urgroßvater einen französischen Vornamen erhielt.

Louis Maria Helfricht von Angern wurde am 17. Februar 1846 geboren. Er war von klein auf wissbegierig, lernte bereits mit fünf Jahren Lesen und Schreiben und besuchte später erfolgreich die Ritterakademie in Brandenburg. Nach dem Ablegen der Reifeprüfung gab es für einen verarmten Adligen zur damaligen Zeit nur zwei ernsthafte Möglichkeiten für ein berufliches Fortkommen: entweder eine militärische oder eine geistliche Laufbahn einzuschlagen. Obwohl mein Urgroßvater das ganze Gegenteil von einem sturen Kommiss-Schädel war, entschied er sich für den Offiziersberuf und trat dem Kürassier-Regiment Nr. 6 bei. Dort machte er schnell Karriere. Im Deutsch-Französischen Krieg, in der Schlacht bei Weißenburg am 4. August 1870, wurde er schwer verwundet, ehrenhalber zum Rittmeister befördert und nach seiner teilweisen Genesung am 25. Juni 1871 als dienstunfähig aus dem aktiven Dienst entlassen.

Anders als in den Kriegen danach sorgte sich das Land damals noch um seine malträtierten Helden. Louis von Angern hatte die Wahl zwischen einer Postmeisterstelle in Sangerhausen und dem Polizeidienst in der Reichshauptstadt.

Mein Urgroßvater entschied sich für die zweite Alternative und wurde im Rang eines Kommissars eingestellt. Lange Zeit hatte er sich nur um irgendwelchen Kleinkram zu kümmern, denn Berlin war damals kaum mehr als ein großes Dorf, das aus einem losen Verbund von separaten Ansiedlungen bestand. Ende 1871 lebten im gesamten Stadtgebiet gerade einmal 826 341 Einwohner.

Knapp zwanzig Jahre später hatte sich das Blatt radikal gewendet. Berlin drohte aus allen Nähten zu platzen. Der provinzielle Charme war verflogen. Billig gebaute, schnell hochgezogene Mietskasernen begannen das Stadtbild zu prägen. Die offizielle Einwohnerzahl hatte sich verdoppelt. Dazu kam eine große Zahl von illegalen Zuwanderern, Obdachlosen und Stadtstreichern. Eine Nebenerscheinung der Überbevölkerung war eine stetig wachsende Kriminalität, der staatlicherseits irgendwie begegnet werden musste. Eine Präsidialverfügung vom 26. April 1885 hatte bereits die Teilung der Berliner Kriminalpolizei in drei Inspektionen veranlasst.

Mein Urgroßvater wurde zur II. Inspektion versetzt, die sich den Gewohnheitsverbrechern widmete. Die Kriminalpolizei residierte damals am Molkenmarkt in einem Komplex von alten Bauwerken mit schmalen Höfen, düsteren Gängen und niedrigen Zimmern. 1889 zog die Kripo in das königliche Polizeipräsidium an der Südseite des Alexanderplatzes um. Mein Urgroßvater stieg in der Hierarchie weiter auf und wurde zum Dezernatsleiter befördert.

Louis von Angern war ein kulturinteressierter Mensch und ging häufig ins Schauspielhaus. Dort lernte er einen Theaterkritiker kennen, der Theodor Fontane hieß. Mein Urgroßvater freundete sich mit dem Journalisten an, obwohl dieser fast dreißig Jahre älter war als er. Die beiden verband vor allem eine gewisse Gemeinsamkeit des Wesens (sie konnten über die gleichen Witze lachen), und die (wenigstens teilweise) Abstammung von den Hugenotten. So hatte beispielsweise Theodor Fontanes Vater ebenfalls mit Vornamen Louis geheißen.

Die Freundschaft blieb auch erhalten, als Fontane dem Theater den Rücken kehrte, den Journalismus an den Nagel hängte und ein erfolgreicher Schriftsteller wurde. 1892 erkrankte er an Gehirnischämie, einer schweren Durchblutungsstörung. Es bestand die Gefahr einer geistigen Umnachtung. Die unterschiedlichsten Kuren und Behandlungsmethoden wie Elektroschocks und Morphiumgaben blieben erfolglos. Schließlich verordnete der Hausarzt Dr. Wilhelm Delhaes als *ultima ratio* geistige Übungen, um die Gedanken des Kranken in ständigem Fluss zu halten und auf diese Weise ein Absterben der Gehirnwindungen zu verhindern. Theodor Fontane begann damit, seine Kindheitserinnerungen aufzuschreiben und schwierige Rätsel zu lösen. Einen Teil der kniffligen Aufgaben steuerte mein Urgroßvater aus seiner täglichen Polizeiarbeit bei. Er weihte seinen Freund in schwierige Fälle ein, in denen es zumeist um Kapitalverbrechen ging und bei denen die Ermittlungen in eine Sackgasse geraten waren.

Theodor Fontane war viel gereist und hatte viel erlebt. Er verfügte über ein großes Allgemeinwissen und einen (immer noch) scharfen Verstand. Er wusste, dass bei der Analyse jeder Schandtat die beiden elementaren Fragen lauteten: *Cui bono? Cui prodest?* – Gut für wen? Wem nützt es? Auf diese Weise gelang es ihm tatsächlich, mehrere spektakuläre Fälle aufklären zu helfen und in der Folge letztendlich auch die Krankheit zu überwinden.

Mein Urgroßvater schied 1910 aus dem aktiven Polizeidienst aus. Er starb am 12. September 1936 – achtunddreißig Jahre nach seinem Freund – im hohen Alter von neunzig Jahren.

Wie ich von meinen Vater weiß, haben sich in unserem Familienbesitz zahlreiche Bücher mit handschriftlichen Widmungen von Theodor Fontane für Louis von Angern befunden. Sie sind alle im Zweiten Weltkrieg im Feuersturm verbrannt. Aber ein abgeschabter Lederkoffer, in dem sich mehrere Dutzend blauer Kladden mit handschriftlichen Notizen befinden, hat wie durch ein Wunder die Bombenangriffe überlebt. Das lädierte Gepäckstück ist glücklich von meinem Urgroßvater über meinen Großvater und meinen Vater auf mich gekommen.

Die Aufzeichnungen betreffen allesamt Kriminalfälle, an deren Lösung Theodor Fontane aktiv beteiligt war. Die Niederschriften sind nur stichpunktartig abgefasst und schwer zu lesen, weil sie von meinem Urgroßvater in altertümlicher Kurrentschrift zu Papier gebracht wurden. Oftmals fehlen wichtige Abschnitte oder Bezüge, die zum tieferen Verständnis dringend notwendig wären.

Lange Zeit wusste ich nicht, was ich mit dem Inhalt des Koffers anstellen sollte, bis ich eines Tages zufällig meinem Verleger davon erzählte. Er hielt es für eine gute Idee, die vergilbten Texte aufzuarbeiten.

Mein Urgroßvater soll – so hat es mir jedenfalls mein Großvater berichtet – ein begabter Geschichtenerzähler gewesen sein, der Pointen gut zu setzen wusste. Aber er war kein Literat. Er hat keine Romane verfasst. Das habe ich nun für ihn getan. Es handelt sich um keine Tatsachenberichte, weil ich die fehlenden Passagen mit Hilfe der Fantasie ergänzen musste. Dennoch ist das meiste tatsächlich so geschehen, wie ich es beschrieben habe.

Obwohl sämtliche Geheimhaltungsklauseln längst abgelaufen sind und nach über hundert Jahren auch keine Verletzungen von Persönlichkeitsrechten mehr zu befürchten wären, habe ich trotzdem einige Namen verändert. Die Toten, auch wenn sie Schurken waren, sie mögen in Frieden ruhen.

Einige Nebenschauplätze musste ich weglassen, um den Fluss der Handlung nicht zu stören, und aus dramaturgischen Gründen war es sich erforderlich, gewisse zeitliche Abläufe zu verändern. Beispielsweise begann die Cholera-Epidemie in Hamburg am 14. August 1892, und nicht, wie in diesem Buch, ein Jahr später. Vor allem die mit reichlich historischem Wissen gesegneten Leser mögen mir dies bitte nachsehen.

Wolf von Angern, Juni 2016

1. In der Morgue

Die Not lehrt beten, sagt das Sprichwort,
aber sie lehrt auch denken.
Theodor Fontane, Wanderungen
durch die Mark Brandenburg

HAMBURG, AUGUST 1893

Im Jahr 1893 stöhnte das Deutsche Kaiserreich über einen ungewöhnlich heißen Sommer. Seit Anfang August hatten die Tagestemperaturen permanent bei über dreißig Grad Celsius gelegen. Selbst die Nächte brachten kaum noch Abkühlung. In der Freien und Hansestadt Hamburg ging der Wasserstand der Elbe spürbar zurück. Der aufgeheizte Fluss stank faulig und modrig. Tierkadaver, Fäkalien und aller anderer nur denkbarer Unrat trieben in Richtung Cuxhaven und von dort aus weiter in die Nordsee.

Die Geruchsbelästigung nahm beständig zu. Obwohl die Hamburger durch die nur schwer zu ertragenden Miasmen des Fischmarkts und die offenen Abwassergräben einiges gewohnt waren, trauten sich viele Einwohner nur noch mit vor die Nasen gebundenen Tüchern auf die Straßen. Der Pesthauch war zwar schon unangenehm genug, aber das eigentliche Übel lag ganz woanders. Als äußerst verhängnisvoll erwies sich nämlich, dass der

Pegel im Hamburger Hafenbecken bei Flut regelmäßig um knapp zwei Meter anstieg.

Diese simple Tatsache führte zu einer tödlichen Kettenreaktion: Das völlig verdreckte und inzwischen hochtoxische Wasser wurde flussaufwärts bis zur wichtigsten Wasserstation der Stadt gedrückt. Dort waren immer noch keine Filteranlagen vorhanden. Bei ihrem seit langem geplanten Bau hatte es Verzögerungen gegeben. Fest eingeplante Gelder waren einem anderen Verwendungszweck zugeführt worden. Doch nun, im glühendheißen Sommer des Jahres 1893, hatten diese menschlichen Unzulänglichkeiten gravierende Folgen. Es gab weder ersatzweise anzapfbare Tiefbrunnen noch irgendeinen Notfallplan. Deshalb musste das Trinkwasser direkt und ungeklärt aus der Elbe in die Leitungen gepumpt werden. Anderenfalls wären große Teile der Stadt von der Wasserversorgung abgeschnitten gewesen. Die warme, eklig schmeckende Brühe bildete eine perfekte Brutstätte für die verschiedensten Keime und Krankheitserreger. Das städtische Gesundheitsamt forderte zwar die Bevölkerung mit großformatigen Anschlägen an den Litfasssäulen auf, nur noch abgekochtes Wasser zu trinken und für die Speisenzubereitung zu verwenden. Aber längst nicht alle Leute hielten sich daran.

Es kam, wie es kommen musste: Am 14. August 1893 wurde der städtische Rinnenreiniger Albert Sahling ins Spital eingeliefert, weil er unter starkem Erbrechen und Diarrhöe litt. Seine Ausleerungen waren dünnflüssig, beinah farblos und schleimig. Sie erinnerten an Reiswasser oder Mehlsuppen. Das ließ auf Geschwüre des Dickdarms, Tuberkulose, Typhus oder Cholera schließen. Der Kranke wirkte stark benommen. Er befand sich in einem *stadium asphycticum* mit minimalem Pulsschlag und subnormaler Köpertemperatur. Stunde um Stunde schüttelten ihn immer stärker werdende Krämpfe. Weil die Ärzte die genaue Ursache noch nicht kannten, konnten sie ihm kein geeignetes Gegenmittel verabreichen. Die einzige Möglichkeit bestand in dem Versuch, die lebensbedrohlichen Symptome zu lindern: Um die Durchfallneigung zu vermindern, wurden dem städtischen Arbeiter Klistiere verabreicht. Sie enthielten Tannin als kräftiges adstringierendes Mittel. Gegen den starken Flüssigkeitsverlust verordneten die Doktoren regelmäßige intravenöse Infusionen von physiologischen Kochsalzlösungen. Den eigentlichen Kampf mussten die körpereigenen Abwehrkräfte ausfechten.

Doch der erhoffte Erfolg blieb aus. In der Nacht zum 15. August verschied Albert Sahling. Sein ausgemergeltes Gesicht hatte sich blaugrau verfärbt und war faltig geworden. Die Augen lagen tief in ihren schwarzumrandeten Höhlen.

Die Ärzte wussten zwar immer noch nicht genau, woran sie eigentlich waren, aber sie befürchteten das Schlimmste. Gleichwohl verhallte ihre Warnung an den Senat und an die Bürgerschaft ungehört. Niemand wollte die Verantwortung dafür übernehmen, einschneidende Maßregeln anzuordnen. Ohnehin wären alle Vorbeugemaßnahmen längst zu spät gekommen. Bereits einen Tag nach dem Tod von Albert Sahling, am 16. August 1893, brach in Hamburg die Cholera mit großer Wucht und Härte aus. Sie griff explosionsartig um sich. Tausende Menschen erkrankten binnen weniger Stunden. Die letale Quote lag bei fünfzig Prozent. Bis zum Februar 1894 starben in der Hansestadt von den amtlich erfassten sechzehntausendneunhundertsechsundfünfzig Cholera-Patienten mehr als die Hälfte, nämlich achttausendsechshundertfünf Personen. Hinzu kam eine nicht unerhebliche Dunkelziffer, weil viele Tote verscharrt oder in Kalkgruben geworfen wurden, ohne den Leichenbeschauer zu benachrichtigen.

Es mussten vor allem arme Menschen daran glauben, weil die hygienischen Verhältnisse in ihren Wohnquartieren am schlechtesten waren. Viele von den Patienten hatten sich bereits auf dem Wege der Besserung befunden. Aber die Seuche war tückisch.

Nach einer Phase, in der die Durchfälle und das Erbrechen nachließen, der Pulsschlag wieder fühlbar und der Kranke ansprechbar wurde, die Sekretionen in Gang kamen und leichte Nahrung verabreicht werden konnte, trat urplötzlich die schwere Nierenerkrankung *Choleranephritis* auf, die erbarmungslos zu schweren Krämpfen und dann zum Tode führte.

*

BERLIN, 25. AUGUST 1893

Im weißgekalkten und halbhoch gefliesten Arbeitsraum des Berliner Leichenschauhauses in der Hannoverschen Straße 6, welches nach seinem Pariser Vorbild auch »Morgue« genannt wurde, saßen sich zwei ältere Herren gegenüber, die verschiedener nicht hätten sein können. Der eine war ein vierschrötiger Mann von Anfang fünfzig. Sein glänzender Schädel wurde lediglich von einem schütteren Haarkranz geschmückt. Der Graukopf hieß Conrad Ackermann und hatte tagtäglich mehr mit toten als mit lebenden Menschen zu tun. Als amtlich bestellter königlich-preußischer Leichenbeschauer durfte er nicht feinfühlig sein. Den üblen Geruch, der von den menschlichen Überresten ausging, versuchte er mit dem Paffen von bestialisch stinkenden schwarzen Stumpen zu bekämpfen. Ab und an half ihm ein Schluck aus einer Flasche mit hochprozentigem Kümmel, das flaue Gefühl in der Magengegend zu unterdrücken. Doch gegen die seelischen Verkrustungen, die der ständige Umgang mit der wohl schrecklichsten Form menschlichen Elends hervorrief, halfen weder beißender Tabakrauch noch scharfer Schnaps, noch eine Prise Galgenhumor. Es war eine in diesem Berufszweig allbekannte Tatsache: Die Toten fraßen die Seelen der Lebenden auf, jedenfalls derjenigen, die mit den verwesenden Überresten zu tun hatten. Conrad Ackermann war deshalb im Laufe der Jahre zu einem Misanthropen und Bärbeißer geworden, der gesellschaftliche Konventionen verachtete und nach seiner eigenen Fasson lebte. In einer konstitutionellen Monarchie, in der die Standesvorrechte des königlich-fürstlichen Hauses und die des Reichsadels in der Landesverfassung niedergeschrieben worden waren, war despektierliches Verhalten nicht vorgesehen. Der Leichenbeschauer wurde trotz seiner Schrullen noch im Amt geduldet, weil er auf seinem Gebiet ein exzellenter Fachmann war, für den sich nur schwerlich geeigneter Ersatz finden ließ.

Bei dem anderen älteren Herren handelte es sich um einen Besucher, auf dessen Gesellschaft der Leichenbeschauer nur gar zu gern verzichtet hätte: Der Kreisphysikus Franz von Baudessin war von dürrer, hochaufgeschossener Gestalt. Mit seiner spitzen Nase und den bleichen Gesichtszügen wirkte er wie ein Wiedergänger vom Totenacker. Doch er war ein Mann von großem Einfluss. Zu seinen Aufgaben gehörte es, die gesundheitlichen Verhältnisse in der gesamten Stadt zu beobachten. Wenn seiner Meinung nach Gefahr im Verzuge war, konnte er die notwendigen Verfügungen erlassen, um beispielsweise gemeingefährliche Krankheiten abzuwehren. Damit hielt er eine große Machtbefugnis in den Händen. Aber er war ein Diener zweier, wenn nicht gar dreier Herren. Er unterstand sowohl dem Polizeipräsidenten als auch dem Regierungspräsidenten. Die Berufung in das Amt wiederum war durch den preußischen Minister für Kultus und Medizinangelegenheiten erfolgt.

Es lag in der Natur der Dinge, dass Franz von Baudessin aufpassen musste wie ein Luchs, wenn er nicht zwischen allen Stühlen sitzen wollte. Der Polizeipräsident, der Regierungspräsident und auch der Minister für Kultus und Medizinangelegenheiten waren in vielen Fragen völlig unterschiedlicher Meinung. Doch allen Menschen recht getan, ist eine Kunst, die niemand kann.

Das bedeutete für das Amt eines Kreisphysikus, dass sich nur ein aalglattes, mit allen Wassern gewaschenes Naturell über längere Zeit auf diesem wohlbestallten Posten halten konnte.

Franz von Baudessin besaß zwar eine Approbation als Arzt und hatte seine medizinische Doktorwürde gemäß den gesetzlichen Vorschriften an einer preußischen Universität erworben, doch seine fachlichen Kenntnisse reichten bei weitem nicht an sein politisches Talent heran. Vor allem sein Hang zum Lavieren war der Grund dafür, dass er nicht zu den Freunden von Conrad Ackermann gehörte. Außerdem stand der Adlige bereits durch seine Herkunft eine gesellschaftliche Stufe über dem Leichenbeschauer. Aber ab und zu berührten sich ihre Kreise – so wie an diesem Tag.

Conrad Ackermann war zwar ein Hagestolz, aber kein Idiot. Als Gastgeber gab er sich Mühe, seinem Besucher alles zur Zufriedenheit zu richten, auch wenn er diesen nicht leiden mochte. Ohne zu zögern hatte der Leichenbeschauer an diesem Mittwoch die Morgengabe – einen Selbstmörder mit einem bösen Loch in der Brust, welches allem Anschein nach von einer Lafayette-Vorderladerpistole herrührte – wieder auf Eis gelegt, den Zinktisch gründlich geschrubbt und ein sauberes, nach Wäschestärke riechendes Laken aufgelegt. An und für sich war das Leinentuch dazu gedacht gewesen, nach getaner Arbeit die schweigsame Kundschaft damit zu bedecken. Aber das Laken erfüllte auch als Tischwäsche seinen Zweck. Nur ein Blumentopf hatte sich nicht so schnell herbeischaffen lassen, denn den Toten im Leichenschauhaus brachte kein Mensch Blumen.

Robert Jorbandt, der junge Assistent von Conrad Ackermann, war derweilen zum nächsten Krämer unterwegs, um frische Semmeln, Knackwürste und einen Krug roten Burgunder zu besorgen.

Der Kreisphysikus kam ohne Umschweife zur Sache: »Habt Ihr schon von den Ereignissen in Hamburg gehört oder gelesen?«

Conrad Ackermann beschloss, sich dumm zu stellen, und antwortete: »Nein, die Hansestadt gehört nicht zu meinem Einzugsgebiet.«

»Wenn Ihr Euch da mal nicht irrt, mein lieber *inspector mortuorum*. Euer Aufgabengebiet könnte sich schneller erweitern, als Euch lieb sein mag. In den vergangenen Tagen hat es nämlich mehrere ungeklärte Todesfälle an der Waterkant gegeben. Anhand der ausgeprägten Symptome fiel der Verdacht sofort auf Cholera. Dr. Theodor Rumpf, der Direktor des Eppendorfer Krankenhauses, versuchte den entsprechenden Erreger nachzuweisen. Es gelang ihm nicht. Schuld an diesem *ictus incassus* war jedoch keinesfalls das Nichtvorhandensein des Seuchenbazillus, sondern das Unvermögen meines geschätzten Berufsgenossen. Die Folgen traten sogleich ein und waren schwerwiegend. Es wurde nämlich voreilig Entwarnung gegeben. Dringend notwendige Abwehrmaßnahmen, und seien sie auch nur prophylaktisch gewesen, unterblieben gänzlich. Auf diese Weise verstrich wertvolle Zeit ungenutzt. Mein Hamburger Kollege, der ehrenwerte Medizinalrat Johann Kraus, wiegelte überdies ab und sprach davon, dass es sich um eine relativ harmlose, weil endemische Form der Ruhr handeln würde.«

»Lassen Sie mich raten«, warf Conrad Ackermann ein, »es war nicht an dem?«

»Wohl wahr, wohl wahr. Vor vier Tagen unternahm ein rühriger Arzt namens Dr. Eugen Fraenkel am Eppendorfer Krankenhaus einen weiteren Versuch. Ihm war mehr Erfolg als seinem Vorgesetzten beschieden. Der junge Heilfachmann fand in den Entleerungen eines Kranken den unverkennbaren *vibrio cholerae*, also den Cholera-Bazillus vor, und zwar in seiner schlimmsten Ausprägung, der asiatischen Form. Aber Doktor Fraenkel konnte mit seiner Entdeckung trotzdem nicht die Aufmerksamkeit erregen, die sie verdient hätte. Senator Gerhard Hachmann verbat sich jede Form von Panikmache. Doch nicht nur das. Der brave Tribun ließ sogar ungehindert mehrere Auswandererschiffe in Richtung der neuen Welt in See stechen, anstatt sie vorsorglich unter Quarantäne stellen zu lassen. Eine solche laxe Haltung wäre für einen preußischen Diener des Staates völlig undenkbar gewesen. – Doch sei dem, wie ihm wolle. Am 23. August, als die Sache bereits völlig aus dem Ruder gelaufen war, erhielt unser Kaiserliches Gesundheitsamt schließlich und endlich die offizielle Bestätigung aus Hamburg, dass tatsächlich eine Cholera-Epidemie ausgebrochen sei. Daraufhin wurde Professor Robert Koch, der Ihnen wohlbekannte Direktor des Instituts für Infektionskrankheiten und Begründer der modernen Bakteriologie, schleunigst als Beobachter nach Hamburg entsandt. Sein Bericht erreichte mich gestern. Er ist niederschmetternd. In dem Avis heißt es unter anderem: ›Ich habe noch nie solche ungesunden Wohnungen, Pesthöhlen und Brutstätten für jeden Ansteckungskeim angetroffen wie in den sogenannten Gängevierteln, die man mir gezeigt hat am Hafen, an der Steinstraße, in der Spitalerstraße oder an der Niedernstraße.‹ Hier, lest, was das *Berliner Tageblatt* heute zu berichten weiß.«

Auf der Seite drei der Zeitung fand sich unter der Überschrift »Zur Cholera-Gefahr« eine kleine Meldung, die leicht zu übersehen war, die es aber in sich hatte: »Vom 18. bis 23. d. Mts. sind in Hamburg 219 amtlich erfasste Personen unter choleraähnlichen Symptomen erkrankt, von denen 75 starben. Die Desinfektionsgeschäfte werden von Käufern förmlich umlagert. Die Desinfektionsmittel sind vielfach ausverkauft.«

Nachdem Conrad Ackermann die erschütternde Nachricht überflogen hatte, ergriff er das Wort: »Das ist alles sehr traurig, fürwahr, und mir krampft sich vor Mitleid mit den armen Menschen das Herz zusammen. Aber was hat das mit meiner Arbeit zu tun? Wird mir demnächst frische Ware aus Hamburg geliefert werden?«

»Wohl kaum. Den dortigen Gesundheitsbehörden soll gebrannter Kalk in ausreichenden Mengen zur Verfügung stehen. Doch wir sind trotz der besseren sanitären Verhältnisse in Berlin akut gefährdet. Ihnen wird gewiss erinnerlich sein, dass es seit dem Jahr 1823 in Europa sechs große Cholera-Epidemien gegeben hat. Diesen Seuchen sind Hunderttausende Menschen zum Opfer gefallen. Ganze Landstriche wurden entvölkert. Die längste dieser Gottesgeißeln dauerte zehn Jahre, und zwar von 1847 bis 1857. Auch die Reichshauptstadt war mehrfach betroffen, wenn auch in einem wesentlich geringeren Ausmaße.«

»Gewiss, Exzellenz. Wie mir meine Eltern berichteten – der liebe Gott sei ihrer armen Seelen gnädig – wütete die Cholera anno 1831 zum letzten Mal in Berlin. Das ist also noch gar nicht so lange her. Rund tausendfünfhundert Erdgeschöpfe starben damals.«

»Ganz genauso war es. Unter den Toten befanden sich solch berühmte Persönlichkeiten wie der namhafte Philosophieprofessor Georg Wilhelm Friedrich Hegel. Die Stadt war zu jener Zeit in sechzig Cholera-Bezirke aufgeteilt worden. Sämtliche Krankheitsfälle wurden erfasst und die entsprechenden Häuser unter Quarantäne gestellt. Auf alle Formen der Zuwiderhandlung standen schwerste Strafen.«

»Und das steht uns nun bevor?«, wollte der Leichenbeschauer wissen.

»Noch nicht ganz, aber Ihr wisst nun in aller Deutlichkeit, was uns erwarten könnte. Schon das Sprichwort sagt: Rechne mit dem Schlimmsten und hoffe auf das Beste. Zwischen Berlin und Hamburg besteht ein reger Reiseverkehr. Seit dem Jahr 1846 sind die beiden Städte durch die Eisenbahn miteinander verbunden. Seine Kaiserliche Hoheit hat bislang die Idee verworfen, den Zugverkehr komplett einstellen zu lassen. Die wirtschaftlichen Folgen wären zu gravierend. Die nordischen Königreiche sind da weniger zimperlich. Sie haben sämtliche Landverbindungen gekappt und den Schiffsverkehr nach Hamburg zum Erliegen gebracht.«

»Was wird stattdessen getan?«

»Vorerst werden die Bahnhöfe desinfiziert, und auf Zwischenstationen finden Waggonwechsel statt. Dabei untersuchen Ärzte die Passagiere. Feldscher und Kompagnie-Chirurgen haben darüber hinaus die Aufgabe zur Revision und Desinfizierung des Reisgepäcks übertragen bekommen. Alle diese Maßnahmen werden von der preußischen Landgendarmerie überwacht. Doch es liegt auf der Hand, dass mehrere infizierte Subjekte absichtlich oder zufällig durch die Kontrollen schlüpfen werden. Die Krankheit wird so oder so auch in unsere Stadt gelangen. Deshalb müssen wir alles in unserer Macht Stehende tun, um einen massenhaften Ausbruch der Seuche zu verhindern.«

»Deshalb nochmals meine Frage: Was wollen Sie unternehmen, Exzellenz?«

»Zunächst wird seit heute der gesamte Postverkehr überwacht. Sämtliche Briefe aus Hamburg werden aussortiert und mit Chlordämpfen geräuchert, bevor sie die Adressaten zugestellt bekommen. Ihr kennt doch sicherlich die dreigeteilten Räucherkästen: Oben hinein kommen die Briefe. In der Mitte befinden sich hochprozentiger Essig und eine Mischung aus Schwefel, Salpeter und Kleie. Diese Essenzen werden mit glühenden Kohlen im untersten Fach erhitzt. Nach fünf Minuten dürften alle Bakterien abgetötet sein. Dann werden die Poststücke vorsichtig mit einer Federzange herausgenommen und mit einem Sanitätsstempel als unbedenklich gekennzeichnet.«

»Solch eine Apparatur habe ich bereits einmal gesehen.«

»Außerdem habe ich sämtliche Spitäler und alle niedergelassenen Ärzte der Stadt angewiesen, mir jeden Verdachtsfall schleunigst zu melden, damit diese Personen unverzüglich im Seuchenhaus isoliert werden können.«

»Aha, ich verstehe. Aber worin soll meine Aufgabe bestehen? In meinen Räumen Räucherkästen aufzustellen?«

»Nein, natürlich nicht. Nun stellt Euch nicht so begriffsstutzig an! Ihr sollt mir prompt über jeden Toten Bericht erstatten, der hier auf Eurem Tisch zu liegen kommt und bei dem die äußeren Symptome auf Cholera hindeuten.«

Der Leichenbeschauer fand, dass der Kreisphysikus bislang keinerlei Unsinn von sich gegeben hatte. Alles, was er sagte, schien Hand und Fuß zu haben. Vielleicht war Franz von Baudessin doch kein so schlechter Kerl, wie er geglaubt hatte.

Im nächsten Moment kam Robert Jorbandt zur Tür hereingestolpert. Der Assistent des Leichenbeschauers schleppte einen wohlgefüllten Weidenkorb, hievte ihn mühsam hoch und stellte ihn auf dem Tisch ab.

Der Kreisphysikus Franz von Bausdessin nahm üblicherweise nur Speisen mit französischen Namen zu sich. Doch in diesem Fall, wo es ihn nichts kostete, war er so gnädig, eine Ausnahme von der Regel zu machen. Er griff sich unaufgefordert eine goldbraune Schrippe, beschmierte sie dick mit gelber Butter und biss herzhaft in den Ring einer fettglänzenden Mettwurst.

»Eure Hoheit«, meinte Robert Jorbandt ehrerbietig, »zu Eurem besseren Frommen habe ich etwas Magenmedizin erstanden, um die Verdauung anzuregen.« Der junge Mann stellte eine Halbliter-Flasche mit einer dunkelbraunen Flüssigkeit auf den Tisch. Offensichtlich verfügte er über hellseherische Fähigkeiten, denn auf dem Etikett stand: *Cognacbitter – gegen Cholera! Im Feldzug 1870 vom Berliner Hülfsverein in Quantitäten bezogen. Anerkannt vorzügl. aus franz. Cognac u. magenstärkenden Kräutern hergestellt. ½ Originalfl. M 1,50, W. Hoeltz, Liqueur- und Spritfabrik.*

Der Assistent des Leichenbeschauers spielte den Mundschenk. Als alles zur besten Zufriedenheit gerichtet war, nahm er unaufgefordert Platz und langte ebenfalls kräftig zu. Franz von Baudessin duldete stillschweigend diesen Verstoß gegen die guten Sitten. Der Leichenbeschauer war ein vulgärer Bursche, der keinen Wert auf standesgemäßen Umgang legte. Aber dies war sein Haus, da musste man ihm einiges nachsehen. Das Fraternisieren mit einem Domestiken gehörte dazu.

Nachdem alle gesättigt waren und der Cognacbitter die Runde machte, richtete plötzlich Robert Jorbandt unaufgefordert das Wort an den Kreisphysikus: »Eure Exzellenz, aus Hamburg dringt schreckliche Kunde. In unserer Stadt werden nun an allen Ecken und Kanten Wundermittel gegen die Cholera angeboten, wie dieser Kräuterschnaps hier auf dem Tisch. Doch was hilft wirklich? Sagen Sie es freiheraus: Schweben wir in großer Gefahr?«

Franz von Baudessin überlegte einen Moment lang, ob er den jungen Dachs nicht in seine Schranken weisen sollte. Für einen Vertreter niederer Schichten geziemte es sich nicht, aus freien Stücken das Wort an eine höhergestellte Persönlichkeit zu richten. Doch dann entschied sich der Kreisphysikus, über diesen Fauxpas hinwegzusehen.

»In Hamburg grassiert die asiatische Cholera«, antwortete er. »Der Bazillus, durch den sie hervorgerufen wird, wurde 1883 von Professor Robert Koch entdeckt. Die Krankheit nistet sich in den Gedärmen ein und bewirkt Durchfall und Erbrechen. Ein wirksames Antidoton, also ein Gegenmittel, ist bislang nicht bekannt. Versuche mit einem Serum befinden sich noch in einem Anfangsstadium. Deshalb müssen alle sensationellen Heilmittel, die angepriesen werden, großer Mumpitz sein.«

Robert Jorbandt nickte, auch wenn ihm die Antwort nicht gefiel.

»Dies zu deiner ersten Frage, mein Junge. Nun zur zweiten. Die Cholera-Bazillen nisten in den Exkrementen. Die meisten Erkrankungen werden durch mit Fäkalien verunreinigtes Trinkwasser verursacht. Der nächsthäufigste Übertragungsweg ist mangelnde Hygiene. Unachtsame Personen kommen mit den Ausscheidungen von Kranken in Berührung und übertragen die Keime auf andere. Hier in Berlin passen wir auf, dass das nicht geschieht. Deshalb ist es auch so ungeheuer wichtig, sich vor jeder Mahlzeit gründlich zu reinigen, am besten mit einem Desinfektionsmittel.«

Bei den letzten Worten riss der Assistent des Leichenbeschauers die Augen weit auf und stammelte: »Vor uns dreien hier hat sich keiner vor dem Essen die Hände gewaschen.«

*

Der Polizeipräsident Bernhard Ludwig Ernst Freiherr von Richthofen entstammte einem deutschlandweit geachteten Geschlecht. Anverwandte von ihm hatten es als hohe Militärs, Diplomaten, Professoren und Geographen zu verdientem Ruhm und hoher Anerkennung gebracht. Im Vergleich zu diesen berühmten Familienmitgliedern war Bernhard von Richthofen ein kleines Kirchenlicht. Nur durch die Protektion höchster Kreise war es ihm gelungen, vom einfachen Landrat in der tiefsten Provinz zum Polizeipräsidenten in der Reichshauptstadt aufzusteigen. Inzwischen bereute er den Karrieresprung aus ganzem Herzen. Das Amt überforderte ihn völlig. Deshalb schob er wichtige Entscheidungen so lange auf, wie es nur irgend möglich war. Wer nichts tat, machte schließlich auch keine Fehler. Und noch etwas bereitete dem Freiherrn Sorgen: Weil er unverheiratet war, stand er im Verdacht, homosexuell zu sein. Einflussreiche politische Gegner sammelten voller Eifer belastendes Material gegen ihn, um ihn wegen eines Verstoßes gegen den Paragraphen 175 des Reichsstrafgesetzbuches seines Amtes entheben lassen zu können. Bislang hatten die Verschwörer keinen Erfolg gehabt. Aber das Wissen um diese Intrigen hatte von Richthofen noch phlegmatischer und introvertierter werden lassen. Er traute niemandem mehr, am wenigsten seinen Untergebenen. Angriff wäre zwar die beste Verteidigung gewesen, aber davor scheute der Polizeipräsident zurück.

Am 25. August hatte er Kriminalpolizei-Inspektor Louis von Angern, den Dezernatsleiter der II. Inspektion im Polizeipräsidium, zu sich rufen lassen. Der große, schlanke Polizist trug normalerweise keine Montur. An diesem Tag war der Siebenundvierzigjährige gleichwohl in seinen Uniformrock geschlüpft und hatte sämtliche Orden und Ehrenzeichen angelegt, die ihm im Laufe seiner Karriere verliehen worden waren. Ihm schwante nichts Gutes. Deshalb wollte er für alle Eventualitäten gewappnet sein. Untergebene, die von von Richthofen zu Recht oder zu Unrecht verdächtigt wurden, mit seinen Widersachern zu paktieren, pflegte er erbarmungslos in die Wüste zu schicken. Die Gerüchteküche brodelte. Niemand konnte sich mehr sicher fühlen.

Louis von Angern war nachmittags um drei Uhr einbestellt worden und fünf Minuten vor der Zeit erschienen. Inzwischen zeigte die große runde Uhr im Vorzimmer des Büros vom Polizeipräsidenten auf viertel nach drei. Der Sekretär, ein junger Bursche mit runder Brille und roten Pusteln auf der Stirn, tat sehr geschäftig und hackte mit zwei Fingern auf einer Remington-Schreibmaschine herum. Schließlich ertönte entfernt eine barsche Stimme: »Kommse rin!«

Von Angern öffnete die äußere und die innere Flügeltür, trat in das Allerheiligste ein, nahm Haltung an und salutierte. Der Freiherr saß hinter einem voluminösen Schreibtisch und schien völlig in ein Memorandum vertieft zu sein.

Der Kriminalpolizei-Inspektor konnte das Datum erkennen. Der Bericht stammte vom Vortag. Von Richthofen runzelte die Stirn und machte sich Notizen. Seinen Besucher würdigte er keines Blickes. Er bot ihm auch keinen Stuhl an. Die Kaminuhr tickte leise.

Schließlich, nach einer gefühlten Ewigkeit, ließ der Polizeipräsident das Papier sinken, hob den Blick und musterte seinen Untergebenen mit strengen Blicken. »Wissen Se, weshalb ick Se inbestellt habe?«

»Nein, Herr Polizeipräsident«, antwortete von Angern wahrheitsgemäß.

»Det hab ick befürchtet. Se solln anjeblich eina der besten Polizisten sin, die ick habe, aba von dem, wat in diese Stadt tatsächlich vor sich jeht, haben Sie nich die jeringste Ahnung.«

Da dies keine Frage, sondern bestenfalls eine rhetorische Feststellung war, antwortete Kriminalpolizei-Inspektor von Angern nicht darauf.

»Also, stehn Se bequem. Et jeht um foljendet. Sacht Ihnen der Name Baron Oscar Xaver von Jouquiers etwas?«

»Meinen Sie den früheren Lokalpolitiker, der sich inzwischen auf sein Altenteil zurückgezogen hat?«

»Jenau den. Der jute Mann war Stadtverordneter jewesen und hatte sich 1890 für det Amt des Obabürjermeistas beworben. Is aba nüscht draus jeworden, wat ick persönlich für sehr bedaulich halte. Seitdem hat sich der Baron aus die Politik zurückjezogen und jeht seinen einträchlichen Jeschäften nach.« Mit diesen Worten reichte der Polizeipräsident seinem Untergebenen einen Reklamezettel.

Louis von Angern las, was darauf stand: »Fabrikgeschäft für Möbelausstattungen, komplette Wohnungseinrichtungen von siebenhundertfünfundzwanzig, eintausend, zweitausend bis fünfzehntausend Mark in Mahagoni, Nussbaum schwarzmatt und blank sowie in Eiche antik. Ausstellung einer Nussbaum-Wohnungseinrichtung zu siebenhundertfünfundzwanzig Mark, sämtliche Gegenstände auch einzeln, Teilzahlung gestattet gegen fünf pro fünfzig Mark Zuschlag, Königstraße 26 a / Ecke Klosterstraße.« Der Kriminalpolizei-Inspektor konnte sich nicht den geringsten Reim darauf machen, was diese Werbung wohl mit seiner Arbeit zu tun haben könnte. Er zuckte deshalb mit den Schultern und meinte erstaunt: »Mit dieser Information kann ich nicht viel anfangen.«

»Mann, sind Se schwer von Kapee. Der arme Baron is einem Betrüja uffjesessen. Der hat einen jroßen Posten Möbel uff Abzahlung injekoft, det Zeuch jleich weitaverscheuert und nich eine einzije Rate abjezahlt.«

»An sich ist das eine Sache für die Zivilgerichte«, gab von Angern zu bedenken. »Strafrechtlich relevant wird der Fall erst, wenn der Täter von Anfang an in Bereicherungsabsicht handelte und nicht genügend Geld besessen hat, um überhaupt die erste Rate bezahlen zu können. Dieser Umstand wird jedoch schwer zu beweisen sein.«

Der Polizeipräsident lief rot an und schlug mit der Faust auf den Tisch.

»Wat jlauben Se wohl, weshalb ick Se hab rufen lassen? Der Baron is wie ick Mitjlied im Kegelverein ›Prussia Schwarz-Weiß-Rot‹ und hat mir um Hilfe jebeten.«

»Wenn das so ist, werde ich sogleich einen meiner besten Männer, Kriminalkommissar Paul Bärenzung, auf den Fall ansetzen.«

»Von Angern, sind Se völlich plemplem? Det is total wichtich. Desterwejen kümmern Se sich ab sofort höchstpersönlich um die Sache. Allet andere lassen Se jefällichst stehn und liejen. Un nun ab Tremo. Se dürfen wechtreten! Der Baron erwartet Se um viere in seinem Kontor. Det dürfte selbst von Ihnen spielend zu schaffen sein, weil et jleich um de Ecke liejen tut.«

Von Angern salutierte, wendete auf der Stelle und marschierte mit hölzernen Schritten aus dem Büro seines Vorgesetzten.

Rachefeldzüge im höheren Auftrag stellten immer eine riskante Angelegenheit dar. Dabei mussten viele Steine umgedreht werden. Meistens kamen dabei Sachen zum Vorschein, die besser weiter im Verborgenen hätten ruhen sollen. Oscar Xaver von Jouquiers hatte in der Politik zwar keinen Erfolg gehabt, verfügte aber nach wie vor über einflussreiche Freunde. Ab sofort war viel Fingerspitzengefühl notwendig. Von Angern beschloss, einen ersten Blick auf den Möbelhändler zu werfen und dann die Sache mit seinem Freund Theodor Fontane zu besprechen. Der Schriftsteller würde ihm ganz gewiss raten können, wie er wieder heil aus dieser Sache herauskam.

2. Das erste Seuchenopfer in Berlin

Tolle Sachen waren vorgekommen,
zum Teil wohl auch hässliche,
die sich hier nicht erzählen lassen.
Theodor Fontane, »Der achtzehnte März«

BERLIN, 25. AUGUST 1893

Das Möbelhaus v. Jouquiers lag nur einen Steinwurf weit vom Polizeipräsidium entfernt und wäre deshalb in wenigen Minuten zu Fuß zu erreichen gewesen. Louis von Angern tendierte gleichwohl dazu, sich standesgemäß mit einer Kutsche vorzufahren zu lassen. Dies sollte weder aus Bequemlichkeit geschehen noch wollte er damit einem bekannten Sprichwort Genüge tun, welches da lautete: »Wer lang hat, kann auch lang hängen lassen.« Es ging einzig und allein darum zu demonstrieren, dass der Auftrag eine wichtige Sache war, welche den höchsten Einsatz erforderte und bei der weder Kosten noch Mühen gescheut wurden. Deshalb musste auch der Kleiderordnung die ihr gebührende Aufmerksamkeit geschenkt werden. Es gab dabei mehrere Möglichkeiten zu überdenken. Sie reichten von »schlicht« über »solide« und »gediegen« bis hin zu »extravagant«.

Gemäß einer seit vier Jahren gültigen »Allerhöchsten Kabinetts-Order« war es den höheren Chargen der Polizeiführung erlaubt, sich nach eigenem Gutdünken eine dem jeweiligen Anlass entsprechende Uniform zusammenzustellen. Und ganz genau dieses hatte der Kriminalpolizei-Inspektor jetzt vor. Dabei handelte es sich um keine leichte Aufgabe. Sie erforderte den ganzen Mann. Louis von Angern wusste aus eigenem Erleben, wie häufig seine Gemahlin am Rande eines Nervenzusammenbruchs stand, wenn sie ihre Garderobe für einen Opernabend oder einen Theaterbesuch zusammenstellte, also ein vergleichsweise harmloser Anlass.

Louis von Angern seufzte tief, dann öffnete er in seinem Amtszimmer die Tür vom großen Eichenschrank. Er war wohlgefüllt. Dutzende vom Schnitt her unterschiedliche Uniformjacken hingen dort neben ebenso vielen Hosen, Hemden, Leibbinden, Koppeln, Schleppriemen und Portepees.

Der Polizist nahm eine Jacke nach der anderen heraus, hielt sie ans Licht, befühlte den Stoff auf eine Art und Weise, wie es gemeinhin Frauenzimmer taten und über die er sich bei seiner Gattin stets zu amüsieren pflegte. Aber in diesem Fall musste jedes noch so kleine Detail sorgfältig abgewogen werden.

In Anbetracht der enormen Bedeutung, die dieser Fall in den Augen des Freiherrn hatte, wäre wohl am ehesten der dunkelblaue Waffenrock mit seinen acht Knöpfen in Reihe, der silbernen Paspelierung und den gleichfarbenen Stickereien an Ärmeln und Kragen als angemessen anzusehen. Die dazugehörigen dunkelblauen Epauletten machten wirklich etwas her. Anders als die normalen geflochtenen Schulterstücke an der Dienstuniform wurden sie von Wappenadlern geziert, und ihre seitwärts lose hängenden Kantillen erinnerten entfernt an schweres Blei-Lametta. Allerdings kam die Schärpe nicht in Frage. Desgleichen hätte mehr als ein Orden zu großspurig gewirkt.

Das nächste Problem tat sich auf: Eine Schirmmütze würde zu simpel und der Hut mit dem Federbusch und der Kokarde zu übertrieben aussehen. Es musste demzufolge etwas sein, das ganz genau in der Mitte zwischen den beiden Extremen lag.

Louis von Angern ließ seinen Blick über die Regalbretter schweifen. Die Polizei-Pickelhaube wäre nicht schlecht, weil sie einen militärischen Eindruck machte und so den Ernst der Lage betonte. Die Pickelhaube glänzte schwarz und wies – in diesem Detail unterschied sie sich von den Offiziershelmen des Heeres – keinen runden, sondern einen eckigen Schirm auf. Der Schmuck war zwar mehr als reichlich, aber dennoch – so fand jedenfalls der Kriminalpolizei-Inspektor – nicht zu protzig: Es gab da lediglich einen großen silbernen Adler, eine darunterliegende Schuppenkette und das Spruchband »In Treue fest«. Vor allem dieser Schwur, der einstens vom Hubertus-Orden übernommen worden war, brachte die Sache auf den Punkt. Besser und eindringlicher als mit »In Treue fest« konnte er dem Intimus des Polizeipräsidenten nicht zu verstehen geben, dass er sich gleich einem Frettchen bei der Kaninchenjagd in dem Fall verbeißen werden würde.

Doch wie nun weiter? Die Uniform war mit Jacke und Helm erst zur Hälfte komplett. Das Ensemble musste zwar dem Anlass angemessen sein, durfte gleichwohl nicht zu prahlerisch ins Auge stechen. Ein Kriminalpolizei-Inspektor war ja schließlich nicht der Kaiser. Deshalb würden es auch eine schlichte dunkelblaue Hose ohne Biesen, normale Reitstiefel mit stilisierten Sporen und ein leichter Säbel mit einfachem Portepee tun.

Schlussendlich war noch die Frage des Koppels zu klären. Schwarzes Leder mit doppelter Schnalle oder silbern durchwirktes Gewebe mit rundem Schloss? Louis von Angern stampfte ärgerlich mit dem Fuß auf. Es gab niemanden, den er in dieser wichtigen Frage um Rat fragen konnte.

*

Als die nahe Kirchturmuhr dreiviertel schlug, machte sich Louis von Angern auf den Weg. Die Idee mit der Kutsche hatte er verworfen. Es wäre viel zu umständlich gewesen, das entsprechende Musterblatt auszufüllen. Außerdem regnete es nicht.

Doch ohne Equipage musste die Uniform im Schrank hängen bleiben. Gestiefelt und gespornt hätte der Kriminalpolizei-Inspektor auf den Straßen nur unnötiges Aufsehen erregt. Statt der Montur trug er nun seinen zivilen Lieblingsmantel. Der war knielang, schwarz, aus gutem Tuch und wurde von einer Doppelreihe silberner Knöpfe geziert, die durchaus etwas Militärisches hatten. Unter dem Hosensaum blitzten blankpolierte Stiefeletten, denn ohne Pferd hätten Reitstiefel höchst albern gewirkt. Der runde schwarze Hut mit seiner schmalen Krempe machte einen ebenso würdigen Eindruck wie eine Pickelhaube. Leider fehlten der Adler und das Spruchband »In Treue fest«.

Weil es sich allein für Uniformträger schickte, Hieb- und Stichwaffen offen zu tragen, hatte Louis von Angern den Säbel durch einen Knotenstock mit einem bleischweren silbernen Knauf ersetzt. Summa summarum war vor der ursprünglich ausgewählten Garderobe nichts mehr übrig geblieben. Doch manchmal führte erst ein Umweg zum Ziel. Auf jeden Fall fühlte sich der Kriminalpolizei-Inspektor in den Zivilsachen wesentlich wohler in seiner Haut. Und nur darauf kam es an.

Bei dem Möbelhaus in der Königstraße 26 a / Ecke Klosterstraße handelte es sich um ein Gebäude von beeindruckender Kubatur. Die Fassade bestand aus hellem Sandstein. Es gab vier gleich hohe Stockwerke und zwei kleinere Etagen darüber. Ein fantasievoller Architekt, der sich vor allem durch eine Vorliebe für Zuckerguss auszeichnete, hatte das rot eingedeckte Ziegeldach mit mancherlei kleinen Türmchen, allerlei metallenem Zierrat und einem runden Erker geschmückt. Über Letzteren wehte ganz weit oben eine weiße Fahne, die laut im Wind knatterte. Auf ihr stand in goldenen

Lettern »Detailgeschäft v. Jouquiers«. Derselbe Schriftzug zog sich in Dutzenden Wiederholungen über die gesamte Straßenfront.

Der Kriminalpolizei-Inspektor war schon Hunderte Male an dem Kaufhaus vorbeigelaufen, ohne jemals einen Blick hineingeworfen zu haben. Von außen machte es einen passablen Eindruck. Die Auslagen wirkten nicht überladen, und die ausgestellten Möbel waren durchweg geschmackvoll.

Louis von Angern betrat das Gebäude durch den Haupteingang, ging eine breite Treppe aus schwarzem Marmor hinauf und stand im weit ausladenden, achteckigen Entree, das sich nach oben kuppelförmig verjüngte und von einem Glasdach oberhalb des vierten Stockwerks überspannt wurde. Auf den Treppen, den Balustraden und in den Schauräumen wimmelte es vor geschäftig durcheinanderströmenden Menschen. Gesprächsfetzen, Rufe und Lachen verschmolzen zu einem an- und abschwellenden Grundgeräusch, das wie das Summen in einem Bienenstock klang.

Der Kriminalpolizei-Inspektor winkte einen Pagen zu sich heran, der gerade erst dem Knabenalter entwachsen zu sein schien. Der Halbwüchsige zählte allerhöchstens vierzehn Lenze, steckte in einer rotbraunen, mit goldenen Litzen abgesetzten Jacke und hatte eine dazu passende steife Kappe auf dem Kopf.

»Bring mich zum Direktor, mein Junge«, meinte Louis von Angern und steckte ihm ein Zehn-Pfennig-Stück in die Tasche.

»Vielen Dank, Herr Kriminaler. Ich will gerne Ihr vigilanter Laufbursche sein. Wenn Sie mir bitte zu dem Elevator dort drüben folgen wollen.«

»Woher weißt du, dass ich ein Polizist bin? Ich trage doch gar keine Uniform.«

»Unser Hausdetektiv namens Max Cohn ist überaus kompetent. Er hat mich gründlich ausgebildet. Meine eigentliche Aufgabe besteht darin, dem Publikum zu Diensten zu sein und alle gewünschten Auskünfte zu erteilen. Doch nebenher muss ich den

Blick weit schweifen lassen. Ich habe ständig auf viele Details zu achten, damit die Taschendiebe kein zu leichtes Spiel haben. Meine Arbeit ist mitunter gar nicht so einfach, weil es auch Langfinger gibt, die wie feine Herrschaften gekleidet sind und sich ebenso benehmen. Polizisten in Zivil sind hingegen ganz leicht zu erkennen. Sie drehen ständig ihren Kopf, mustern die Leute mit scharfen Blicken, haben abgetragene Kleider an und tragen Schuhwerk mit schiefgelaufenen Absätzen.«

»Nanu«, meinte der Kriminalpolizei-Inspektor betroffen, »ich hielt meinen Mantel immer noch für einigermaßen passabel. Er ist höchstens drei Jahre alt und von bester Qualität.«

»Ist er auch, ist er auch, mein Herr«, beruhigte ihn der Page. »Bei Ihnen war es nicht die Garderobe im Ganzen, die sie verraten hat, sondern ein winziges Detail. Bei Ihnen ist mir an Ihrer linken Brustseite eine leichte Ausbuchtung aufgefallen. Dort tragen Sie sicherlich einen Revolver. Außerdem strahlen Sie Autorität auf eine Weise aus, wie es nur hohe Staatsbeamte vermögen.«

»Diese Beschreibung könnte auch auf einen Geschäftspartner des Direktors zutreffen, der zu seinem Schutz eine Waffe mit sich führt.«

Der Junge schmunzelte. »Das ist wohl wahr. Aber selbst bei einem bedeutenden Möbelhändler hängt keine Kette mit einer Polizeimarke an ihrem Ende aus der linken Manteltasche heraus.«

Louis von Angern musste lachen. »Du gefällst mir, mein Junge. Wie heißt du?«

»Carl Werner, mein Herr, Ihr stets ergebener Diener.«

»Nun gut, Carl Werner. Nach meiner Konversation mit dem Herrn Direktor will noch etwas mit dir plaudern. Du wirkst wie ein aufgewecktes Bürschchen und könntest mir bei einigen amtlichen Dingen behilflich sein. Wo finde ich dich nachher?«

»Immer hier im Vestibül, mein Herr. Mein Dienst geht bis heute Abend um acht.«

Der hinter einer riesigen Palme versteckte Personenaufzug war nicht für das breite Publikum bestimmt. Deshalb gab es auch keinen ständigen Fahrstuhlführer. Die in Form eines Blütenornaments gearbeitete Metalltür ließ sich nur mit einem Spezialschlüssel öffnen, den der Page an einer Kette um den Hals trug. Carl Werner fungierte gleichzeitig als Liftboy. Er ließ den Kriminalpolizei-Inspektor eintreten, zog das Scherengitter zu und legte einen Hebel aus massivem Messing um. Der Lift stieg ratternd in die Höhe. Er hielt in der fünften Etage. Der Flur war halbhoch getäfelt. An den Wänden hingen fein ausgeführte Ölgemälde, die vornehmlich ältere Herren mit buschigen Schnauz-, Backen- und Vollbärten zeigten. Das Sekretariat des Direktors ähnelte auf verblüffende Weise dem Kontor des Polizeipräsidenten. Allein der junge Bursche mit der runden Brille und den Pusteln auf der Stirn war hier durch ein adrettes Schreibfräulein mit semmelblonden Zöpfen ersetzt worden. Im Gegensatz zu ihrem Kollegen im Präsidium hatte diese Bürokraft keinen Stock verschluckt.

»Sie müssen der avisierte Herr von Angern sein.« Das Fräulein lächelte den Besucher freundlich an. »Nur herein, wenn es kein Schneider ist. Der Baron erwartet Sie bereits sehnsüchtig. Aber geben Sie ihm besser nicht die Hand. Herr von Jouquiers hat sich eine böse Influenza zugezogen, und wir wollen doch vermeiden, dass Sie sich anstecken.«

Das weitläufige Geschäftszimmer des Möbelhändlers zog sich beinah über die Hälfte der fünften Etage hin. Es diente offensichtlich auch als Ausstellungssaal für besonders zahlungskräftige Kunden, denn sämtliche Einrichtungsgegenstände waren ausgefallene und hochwertige Unikate, von denen kein einziges zum anderen passte. Insgesamt herrschte dadurch eine gewisse Unruhe, die Louis von Angern jedoch keinesfalls als störend empfand. Am liebsten wäre er wie in einem Museum von einem Stück zum nächsten geschlendert und hätte alles ganz genau betrachtet.

In einer sonnendurchfluteten Ecke am Fenster ruhte eine einsame Gestalt in einem wuchtigen Ohrensessel. Über ihren Knien lag ein Alpaka-Plaid. Als der Besucher näher trat, erwachte der Mann aus einem Halbschlaf. Er richtete sich mühsam auf, streifte die Decke beiseite und flüsterte: »Gestatten Sie mein lieber Herr Kriminalpolizei-Inspektor, dass ich sitzen bleibe.«

Die Sekretärin hatte recht gehabt. Der Möbelhändler wirkte nicht gesund. Auf seiner Stirn stand kalter Schweiß. Sein Antlitz war bleich. Die schwarzumrandeten Augen lagen tief in ihren Höhlen.

Im Übrigen war Baron Oscar Xaver von Jouquiers ein kleiner, korpulenter Mann und höchstens einen Meter sechzig groß. Er trug einen schlichten grauen Anzug, eine breite, dezent gestreifte Krawatte, war glatt rasiert, hatte braune Augen und ein Glatze. Sein Alter ließ sich schlecht schätzen. Er konnte genauso gut Anfang vierzig wie Ende fünfzig sein.

Der Baron deutete auf einen bequemen Armsessel ihm gegenüber.

»Nehmen Sie bitte Platz. Verzeihen Sie mir, wenn ich Sie nicht mit einem Handschlag begrüße. Dieses Versäumnis resultiert weder aus Arroganz noch aus Unhöflichkeit«, meinte von Jouquiers mit schwacher Stimme, die immer wieder zu brechen drohte. »Ich fühle mich hundeelend. Ich wollte lediglich unser Gespräch abwarten, bevor ich mich ins Bett lege und mir warme Umschläge machen lasse.«

»Was fehlt Ihnen, Baron?«, fragte von Angern mitfühlend und vergaß darüber völlig, sich ordnungsgemäß vorzustellen.

»Vor allen Dingen mangelt es mir an dem nötigen Verstand. Ich habe nämlich in den vergangenen Tagen eine Geschäftsreise nach Hamburg unternommen. Ich will dort eine Dependance eröffnen und benötige dazu die Protektion des ehrenwerten Gerhard Hachmann, des Ihnen sicherlich namentlich bekannten Senators der Hansestadt. Anstatt die *tour d'horizon* zu verschieben, bin ich gefahren, obwohl in der Reichshauptstadt bereits die ersten Gerüchte über den Ausbruch der Cholera kursierten. Aber ich habe sämtliche Warnungen in den Wind geschlagen. Schließlich leben wir hier nicht in einer britischen Kolonie jenseits des Äquators, so dachte ich mir. Außerdem glaubte ich, die Krankheit wäre einzig und allein eine Sache der armen Leute, der Vagabunden und des Pöbels. Indessen habe ich mich gründlich geirrt. Die Cholera überwindet selbst Klassenschranken. Ich bin der beste Beweis dafür. Selbst das häufige Händewaschen hat mir nichts genützt. Die Geißel Gottes findet ihren Weg von den Latrinen der Absteigen am Hafen bis hinauf zu den Wasserklosetts im Grandhotel. Doch obgleich ich ein gläubiger Christ bin, bereitet mir die Aussicht, recht bald schon an der reichgedeckten Tafel des allmächtigen Erlösers sitzen zu dürfen, keine rechte Freude.«

»Wenn das so ist, dann sollten wir gleich *in medias res* gehen.«

»Das wollte ich auch vorschlagen. Hatten Sie schon Gelegenheit gehabt, sich hier im Hause umzusehen?«

Louis von Angern schüttelte bedauernd den Kopf.

»Ich bin auf direktem Weg zu Ihnen gekommen. Zu meiner Schande muss ich gestehen, dass ich noch nie zuvor diese Niederlage aufgesucht, obwohl sie ob ihrer Größe her im Stadtbild nicht zu übersehen ist.«

»Es wird Sie sicherlich verwundern, wenn ich Ihnen sage, dass dieses Etablissement nur die Spitze des Eisberges meiner gesamten Unternehmungen darstellt. Ich nenne es tiefstapelnd ›Detailgeschäft v. Jouquiers‹, obwohl es das bedeutendste und beste Möbelkaufhaus der Stadt ist. Es besitzt die größte Ausstellungsfläche und bietet Waren für jeden Geldbeutel an. Daneben besitze ich noch eine moderne Möbelfabrik in Schmargendorf, die unter dem Namen ›Oscar, Xaver & Co.‹ bekannt geworden ist. Dort verfüge ich über einen fähigen Werkführer und eine Stammbelegschaft von gut zweihundert Leuten. Auf diese Weise kann ich schneller als die Konkurrenz auf die ausgefallensten Kundenwünsche eingehen. Auf Wertarbeit lege ich ganz besonders großen Wert. Meine Möbel halten ein Leben lang. Und da ich eisern kalkuliere, biete ich 1A-Qualität zu den allerbesten Preisen an. Ich will nicht unbescheiden klingen, doch das allein macht noch nicht meinen kolossalen Erfolg aus. In meinem Haus wird außerdem der Service großgeschrieben. Beispielweise biete ich meinen Kunden an, sämtliche Möbel auf Kredit kaufen zu können. Ich verzichte auf eine Überprüfung der Bonität, fordere weder Sicherheiten noch Bürgen. Bei mir gilt das ehrliche Kaufmannswort. Ein Handschlag und eine Unterschrift genügen.«

»Dann können Sie sicherlich nicht über Langeweile klagen«, meinte von Angern sarkastisch.

»Ich verstehe, was Sie meinen, gleichwohl hält sich der Ärger in Grenzen. Das Personal in der Akkreditivabteilung besitzt große Menschenkenntnis. Meine Angestellten sind bestens darauf geeicht, a priori die Spreu vom Weizen zu trennen. Natürlich kommt es trotzdem hin und wieder zu Fehlgriffen. So etwas bleibt nicht aus. Doch die Kreditvergabe ist kein Lotteriespiel. Bei mir kommen nicht einhundert Nieten auf ein Gewinnlos. Nur ganz selten einmal taucht ein armer Schlucker im geborgten Frack bei mir auf, gibt an wie eine Lore Affen, hofft auf ein Wunder und kann doch bereits die erste Rate schon nicht bezahlen.«

»Was geschieht in solch einem Fall?«

»Die Regularien sind höchst simpel: Die Ware bleibt stets bis zum vollständigen Bezahlen mein persönliches Eigentum. Ich besitze darüber hinaus das volle Pfandrecht. Gleich nach der ersten vergeblichen Mahnung schicke ich vier handfeste Packer mit einem Möbelwagen los. Die Männer können bereits durch ihre physische Präsenz sehr überzeugend wirken. Dadurch bleiben die Verluste minimal. Aber nun habe ich einen großen Reinfall erlebt.«

»Erzählen Sie, Baron, ich bin ganz Ohr«, meinte der Kriminalpolizei-Inspektor.

»Bitte verzeihen Sie, wenn ich Ihnen nichts anbiete. Mir ist bei meiner Krankheit Alkohol streng verboten worden, und Zigarrenrauch kann ich zurzeit nicht ertragen. Aber ich verspreche Ihnen, dass ich mich revanchieren werde, sobald ich wieder gesundet bin.«

»Kein Problem. Soll ich mir Notizen machen?«

»Das wird kaum nötig sein. Meine Sekretärin wird Sie nachher mit den nötigen Unterlagen versorgen. Aber nun der Reihe nach. Sagt Ihnen der Name Freiherr Maximilian von Grolman etwas?«

»Nein, sollte er das tun?«

»Ich hatte gehofft, er wäre bereits polizeibekannt. Der feine Freiherr ist nämlich ein Hochstapler. Seinen tatsächlichen Namen kenne ich nicht. Den müssen Sie für mich herausfinden. Also, dieser vorgebliche Spross eines ehrbaren Adelsgeschlechts erschien vor gut acht Wochen bei mir. Er überbrachte mir ein Empfehlungsschreiben von einem weitläufig Anverwandten mütterlicherseits. Jener entfernte Angehörige heißt Ferdinand von Nizze-Ribnitz und hält sich zurzeit in Riga auf.«

»Das war für den angeblichen Freiherrn eine äußerst praktische Konstellation«, unterbrach ihn Louis von Angern, »weil der Herr von Nizze-Ribnitz von Ihnen schwerlich befragt werden kann.«

»Das hatte ich auch gar nicht vor, jedenfalls anfänglich nicht. Maximilian von Grolman ist ein äußerst sympathischer Mensch, klug, gebildet, umgänglich, von feinem Witz und hohem Verstand. Wissen Sie, ganz selten hat man bei einem völlig fremden Menschen das Gefühl, auf einen Seelenverwandten zu treffen. So war es in diesem Fall, von der ersten Minute an.«

»Lassen Sie mich raten«, schlussfolgerte der Polizist. »Sie haben mehrere Geschäfte hintereinander abgewickelt, die allesamt wie am Schnürchen liefen. Es gab keinerlei Probleme.«

»Ganz genauso war es. Ich sehe, dass Sie der richtige Mann am rechten Fleck sind. Sie besitzen den erforderlichen Durchblick«, erwiderte der Möbelfabrikant. »Der Freiherr Maximilian von Grolman hat mir einleitend einen kleinen Vorrat an Postamenten und Kredenzschränken abgenommen. Das geschah gegen Blankoquittung. Zwei Wochen später zahlte er anstandslos in voller Höhe. An diesen ersten Handel schloss sich der Kauf eines größeren Postens von Schreibsekretären an. Die Tilgung erfolgte ebenso prompt wie beim ersten Mal. Auf diese Weise habe ich sehr schnell sehr gutes Geld verdient. Dadurch wurde ich leichtsinnig. Die Gier hat mich geblendet, und schon hing ich an der Angel. Das Blatt wendete sich. Alles begann damit, dass mich der Freiherr am 6. August in sein Palais in der Hofjäger Allee, unweit vom Großen Stern, einlud. Sie kennen das repräsentative Gebäude womöglich vom Sehen. Es steht in einem parkähnlichen Garten. Von der Straße aus lassen sich sehr gut die säulenbestandene Einfahrt und die dorischen Giebel erkennen. Ich wurde mit einer Kalesche abgeholt. Es gab ein Sieben-Gänge-Menü. Zu jeder Speise wurde ein anderer Wein gereicht. Den Abschluss bildete ein vorzüglicher Champagner, ein Vin mousseux d'Anjou, der ein Vermögen gekostet haben muss. Die ganze Zeit über spielte ein Flötenquartett Stücke von Berbiguier. Später am Kamin haben wir bei Cognac und Zigarren den großen Coup eingefädelt. Der Freiherr orderte den kompletten Inhalt zweier Lagerhallen, die mit den allerfeinsten Tee- und Toilettentischen, Büfetts, Lehnstühlen, Rokoko-Konsolen, Hochzeitstruhen, französischen Fauteuils und gotischen Schränken angefüllt waren.«

»Was wollte der Freiherr damit anfangen? War sein Palais lediglich teilmöbliert?«

»Nein, er wollte – so sagte er jedenfalls – in das Geschäft mit Großbritannien einsteigen. Dort sind deutsche Waren binnen weniger Jahre hochbegehrt geworden, und zwar seitdem das englische Markenschutzgesetz von 1887 die Kennzeichnung des Ursprungslandes mit der Angabe ›Made in Germany‹ vorschreibt.«

»Welchen Umfang hatte der Kontrakt?«, fragte Louis von Angern nach.

»Vierhunderttausend Reichsmark, abgesichert durch einen Mediowechsel, zahlbar in drei Monaten nach Lieferung. So viel Zeit erbat sich der Freiherr, weil die Ware verladen, nach England ausgeschifft und dort in den Handel gebracht werden muss.«

»Dann besteht ja noch Hoffnung.«

»Leider kaum. Seit gut zwei Wochen wird der Berliner Möbelmarkt mit hochwertigem Interieur zu Schleuderpreisen überflutet.«

»Lassen Sie mich raten, Baron. Es handelt sich bei dieser Mobiliarschwemme um allerfeinste Tee- und Toilettentische, Büfetts, Lehnstühle etc. pp.«

»Ganz genauso ist es«, erwiderte von Jouquiers. »Ich habe einige Agenten ausgeschickt und die Möbel überprüfen lassen. Sie tragen allesamt Etiketten mit der Aufschrift ›Möbelfabrik Oscar, Xaver & Co., Schmargendorf‹.«

»Was sagt der Freiherr dazu?«

»Nichts, das ist je eben das Malheur. Der Schurke ist wie vom Erdboden verschluckt. Das Palais in der Hofjäger Allee steht leer. Vom Verwalter habe ich erfahren, dass es in jüngster Zeit lediglich an zwei Tagen, und zwar am 6. und 7. August, vermietet war. Mein sauberer Geschäftspartner hatte für mich eine Scharade aufgeführt, und ich in meiner blinden Vertrauensseligkeit bin komplett darauf hereingefallen.«

»Was wussten die anderen Möbelhändler zu berichten?«

»Sie haben das Geschäft ihres Lebens gemacht und die gesamte Partie für ein Viertel ihres tatsächlichen Wertes gekauft.«

»Demzufolge hat der Freiherr rund hunderttausend Reichsmark realisiert. Abzüglich der Kosten wird sein Gewinn etwa achtzigtausend Reichsmark betragen.«

»Dies steht zu befürchten«, seufzte der Möbelfabrikant.

»Das Dumme daran ist nur, dass bislang kein Betrug vorliegt. Es existiert kein deutsches Reichsgesetz, welches einem Händler verbieten würde, gekaufte Ware weit unter Wert zu veräußern. Die eigentliche Betrugshandlung beginnt erst gegen Mitte November, wenn der Freiherr Maximilian von Grolman erwartungsgemäß den Wechsel platzen lassen wird.«

»Das ist ganz genau der Grund dafür, dass ich den Polizeipräsidenten persönlich um Hilfe gebeten habe. Eine niedere Charge in der Polizei-Inspektion für Wirtschaftdelikte hätte mich sofort abblitzen lassen.«

»Nun gut, sei es drum. Zunächst einmal werde ich im *Genealogischen Taschenbuch der adeligen Häuser* und im *Jahrbuch des deutschen Adels* blättern. Falls es tatsächlich keinen Freiherrn Maximilian von Grolman geben sollte und dieser Name lediglich ein Pseudonym ist, dann hat sich dieser Bursche zumindest der Hochstapelei schuldig gemacht. Das ist in Preußen kein Kavaliersdelikt. Außerdem werde ich Kontakt zu meinen Amtsgenossen in anderen großen Städten aufnehmen. Auf diese Weise kann ich schnell herausfinden, ob es dort ähnliche Vorkommnisse gegeben hat.« Mit diesen Worten erhob sich der Kriminalpolizei-Inspektor. »Baron, gestatten Sie, dass ich mich jetzt entferne. Sie bedürfen dringend der absoluten Ruhe und umfassender ärztlicher Hilfe. Ich für meinen Teil habe für den Anfang genug erfahren.«

Im Sekretariat nahm Louis von Angern die Papiere in Empfang und verstaute sie in seiner Brusttasche. Auf dem Weg nach unten wählte er die Treppe, um sich einen Überblick über das Haus zu verschaffen. Im Entree hielt er vergeblich Ausschau nach Carl Werner. Er konnte den Jungen nirgendwo entdecken. Der Polizist zuckte mit den Schultern und wandte sich dem Ausgang zu, um das Möbelhaus zu verlassen, da vernahm er plötzlich linker Hand ein leises Zischen. Er schaute in die Richtung und entdeckte den Pagen, der ihm – halbverdeckt von einer Säule – verstohlen zuwinkte.

Louis von Angern trat näher und beugte sich zu dem Jungen hinunter.

»Dort drüben an der Treppe hat sich ein Trio von Taschendieben postiert«, flüsterte Carl Werner. »Es besteht aus einer Remplerin, dem eigentlichen Langfinger sowie dem Kurier, der die Beute übernimmt und sofort außer Hauses schafft.«

Der Kriminalpolizei-Inspektor musterte verstohlen das Publikum. »Ich kann keine verdächtigen Personen erkennen. Wen meinst du?«

»Als Anreißer fungiert die schwarzgekleidete alte Frau mit dem Krückstock. Sie ist nicht zu übersehen. Die Dame quält sich gerade die Stufen hinauf. Sie trägt einen Schleier und wirkt äußerst unbeholfen, weil sie so beleibt ist. Den Diebstahl wird der feine Herr mit dem Zylinder und dem Monokel ausführen, und der kleine Junge im Matrosenanzug ist der Läufer.«

Louis von Angern lachte. »Carl Werner, du hast eine blühende Fantasie.« Doch im nächsten Moment sah er, wie die dicke Matrone eine der oberen Treppenstufe verfehlte, ins Straucheln kam, sich hilfesuchend an einen schneidigen Artillerie-Leutnant festkrallte und denselben schwungvoll mit sich zu Boden riss. Die beiden Personen bildeten ein Knäuel und kullerten die Treppe hinunter. Das übrige Publikum trat rasch beiseite und hielt Maulaffen feil. Lediglich der Mann mit dem Zylinder zögerte keine Sekunde und leistete sofort Beistand. Zuerst half er der korpulenten Frau und dann dem Offizier wieder auf die Beine. Die alte Dame schien unverletzt zu sein, der Militär hingegen machte einen benommenen Eindruck. Im nächsten Moment nahm der Knabe seine Matrosenmütze ab und flitzte los in Richtung Ausgang.

Der Kriminalpolizei-Inspektor sprang hinter der Säule hervor, versperrte dem flüchtenden Bengel den Weg und packte ihn mit der linken Hand am Schlafittchen. Der Bursche wand sich wie ein Aal und versuchte vergeblich, sich dem eisernen Griff zu entreißen. Gegenstände fielen herunter. Carl Werner bückte sich und hob eine Brieftasche sowie eine goldene Uhr auf.

»Du perverser Hundsfott!«, kreischte eine Frauenstimme. »Lass sofort das unschuldige Kind los!« Die dicke Matrone kam wie ein geölter Kugelblitz herbeigeeilt und schwang drohend ihre Krücke. Von der Gehbehinderung war nichts mehr zu merken.

Louis von Angern war ein geübter Säbelfechter. Er machte einen Ausfallschritt, fuhr seiner Gegnerin mit dem Knotenstock in die Parade, schlug der Alten stringierend die Gehhilfe aus der Hand und versetzte ihr anschließend einen harten Schlag auf den rechten Oberarm. Der scharfe Hieb hatte gesessen. Die Freude am Kampf war der schwarzgekleideten Alten vergangen. Sie begann wie eine Hexe auf dem Scheiterhaufen zu kreischen. Ihr rechter Arm hing gelähmt herunter.

Doch der Fehde war damit noch nicht zu Ende. Nun mischte sich der feine Herr mit dem Zylinder in das Geschehen ein.

»Hilfe, Hilfe, Polizei. Ein Bandit bringt Frauen und Kinder um!«, rief er, zückte im nächsten Moment ein Stilett und ließ es kreisen. Die scharfe Klinge blitzte gefährlich. Die Menschenmenge, die sich inzwischen gebildet hatte, wich zurück und bildete einen Kreis um die beiden Kontrahenten.

Louis von Angern hatte keine andere Wahl. Er musste den zappelnden Bengel loslassen, um auf den Messerangriff besser reagieren zu können. Der Polizist packte mit der nun freien linken Hand den Knotenstock an seinem unteren Ende. Das war von ihm oft geübt worden und geschah blitzschnell. Alsdann folgte ein erneuter Ausfallschritt, der von einem gezielten Stoß begleitet wurde. Der Angreifer konnte die Attacke nicht abwehren. Er wurde von dem schweren silbernen Knauf am Brustbein in Höhe des Aortenbogens getroffen. Es gab ein hässliches, platschendes

Geräusch. Dem feinen Herrn fiel das Monokel herunter. Er stieß einen lauten Seufzer aus und plumpste wie ein Sack Kartoffeln zu Boden.

Der ungleiche Kampf war damit zu Ende. Das erkannte auch die dicke, alte Matrone und wollte Fersengeld geben. Sie kam nicht weit. Carl Werner warf sich bäuchlings mit einem Hechtsprung direkt vor ihre Füße. Das fette Weibsbild vollführte einen Salto mortale, schlug mit dem Kinn auf und blieb wimmernd liegen.

Von den Menschen ringsum wurde die Situation gründlich missverstanden. Die Menge rückte drohend näher. Rufe des Unmuts wurden laut. Louis von Angern zog seine Polizeimarke hervor, hielt sie in die Höhe und rief im lauten Befehlston: »Bitte treten Sie zurück, meine Herrschaften. Hier gibt es nichts zu sehen.« Die Gefahr war gebannt. Das Publikum begann sich murrend zu zerstreuen.

Ein älterer Herr mit buschigem Backenbart hatte von einer Nische aus das Geschehen aufmerksam verfolgt. Er stampfte wütend mit dem rechten Fuß auf. Eine Frau neben ihm zog ihn in Richtung Ausgang. Beide verschwanden auf der Straße.

Die beiden Delinquenten am Fußboden begannen sich zaghaft zu regen.

»Liegen bleiben, oder es gibt Saures!«, befahl Louis von Angern.

Ein mittelgroßer Mann in einem einfachen grauen Straßenanzug trat an heran und sagte: »Ich bin Max Cohn, der Hausdetektiv. Wie kann ich Ihnen behilflich sein?«

»Legen Sie den Lumpen Handschellen an und lassen Sie die beiden in Ihr Büro zum Verhör expedieren.«

Der Detektiv tat, wie ihm geheißen. Bei der Leibesvisitation musste die Matrone ihren Schleier ablegen. Zum Vorschein kam eine junge Frau von höchstens Ende zwanzig. Sie war auch nicht im mindesten fett. Um den Leib herum und an Armen und Beinen trug sie wattierte Polster. Sie hatten zwar den inszenierten Sturz auf der Treppe stark abgemildert, doch die Wirkung des Stockschlags war trotzdem eingetreten.

3. Von Ochsenblasen und Velozipeds

Wer lange suppt, lebt lange. Nur nicht kiesätig.
Theodor Fontane, *Meine Kinderjahre*

BERLIN, 26. AUGUST 1893

Louis von Angern hatte an diesem Sonnabend einen freien Tag genommen, um sich nach langer Zeit wieder einmal ganz seiner Familie widmen zu können. So war jedenfalls der Plan gewesen. Doch nun, nach einem ausgedehnten Frühstück, saß er mutterseelenallein im Salon, der gleichermaßen als Herren-, Raucher-, Wohn-, Speisezimmer und Bibliothek herhalten musste. Die Wohnung in der Potsdamer Straße 134c war für vier Erwachsene entschieden zu klein. Aber sie lag äußerst verkehrsgünstig am Rande des Tiergartenviertels, und die Miete war für Berliner Verhältnisse gering. Diese beiden günstigen Umstände trösteten leidlich über die belastende räumliche Enge hinweg. Ohnehin würden die Kinder bald flügge sein und einen eigenen Hausstand gründen. Dann sah die Sache schon wieder ganz anders aus, und er konnte sich endlich ein Billardzimmer und seine Gattin eine Nähstube leisten.

Der Kriminalpolizei-Inspektor war keineswegs böse über die Absenz der übrigen Familienmitglieder, denn er gehörte zu den glücklichen Menschen, die sich nie langweilten. Immerzu gingen ihm wichtige Dinge privater und beruflicher Natur durch den Kopf, die gründlich überdacht sein wollten. Fernerhin gab es wenigstens einen wichtigen Grund für seine derzeitige Einsamkeit: Therese, seine Eheliebste, war schon seit geraumer Zeit damit beschäftigt, das Mittagsmahl vorzubereiten.

Die beiden erwachsenen Kinder hingegen glänzten durch unentschuldigtes Fehlen. Sie hatten ihre Schlafgemächer immer noch nicht verlassen, obwohl es längst auf zwölf Uhr ging. Aber die jungen Menschen verdienten durchaus Verständnis. Sie brauchten ihren Schlaf. Der zwanzigjährige Sohn Trauthelm Louis studierte Jurisprudenz an der Friedrich-Wilhelms-Universität, und die neunzehnjährige Florentine Therese bereitete sich an der Humboldt-Akademie auf ein Medizin-Studium vor. Das waren beides Professionen, die großen Einsatz erforderten.

Louis von Angern hatte es sich mit einer guten Tasse Tee – er bevorzugte den vorzüglichen chinesischen Kaisow Kongu mit seinen kleinen, feingekräuselten Blättern – in einem bequemen Ohrensessel am Fenster gemütlich gemacht. Im Salon und in den übrigen Räumen der Wohnung war es trotz der hochsommerlichen Temperaturen in der Stadt angenehm kühl, denn das Haus war solide gebaut worden. Die dicken Mauern speicherten im Winter die Wärme und hielten sie im Sommer fern.

Der Kriminalpolizist hielt Zeitungsschau. Auf einem halbhohen Messingtisch in Reichweite stapelten sich die Journale. Obenauf lagen die Morgenausgabe vom *Berliner Tageblatt*, die *Berliner Börsen-Zeitung*, die *Vossische Zeitung* und die *Berliner Gerichts-Zeitung*. Das *Berliner Tageblatt* hatte dem alles beherrschenden Thema der Cholera-Epidemie wieder eine komplette Seite gewidmet. Anderenorts gab zwar noch keinen Massenausbruch wie in Hamburg, aber überall in Europa – so auch in Wien, Paris und Brüssel – waren mehrere Fälle der Seuche aufgetreten. Das führte naturgemäß zu großer Besorgnis. Krisenstäbe tagten, Häfen wurden gesperrt, die Grenzkontrollen nahmen an Schärfe zu, und unter Quarantäne gestellte Schiffe mussten auf Reede liegen bleiben. Der Amerikaverkehr war inzwischen völlig zum Erliegen gekommen. Die Welt, die in den letzten Jahren spürbar zusammengewachsen war, begann wieder auseinanderzudriften.

In einem längeren Artikel zu den in Berlin bekannt gewordenen Cholera-Fällen hieß es: »Wie groß übrigens die Vorsicht ist, mit welcher die städtischen und Polizeibehörden der Weiterverbreitung der Krankheit Schranken zu setzen suchen, dafür spricht u. a. die Tatsache, dass sich außer drei wirklich Erkrankten gegenwärtig im städtischen Krankenhaus zu Moabit noch neun andere Personen als ›verdächtig‹ befinden, welche mit den Erkrankten in irgendwelche direkte Berührung gekommen waren. Krankheitserscheinungen sind bei diesen ›Verdächtigen‹ nicht wahrgenommen worden.

Trotzdem menschlicher Berechnung nach eine epidemische Verbreitung der Krankheit in Berlin nicht zu befürchten ist, sind dennoch in vorsorglicher Weise alle Vorkehrungen getroffen worden, um auch für den schlimmsten Fall gerüstet zu sein. Die Verwaltung des Moabiter Krankenhauses ist auf zweihundert Cholera-Betten eingerichtet. Nötigenfalls können noch weitere dreihundert Cholera-Kranke Aufnahme finden. Falls eine größere Epidemie einträte, würden nicht alle Patienten in Moabit untergebracht werden, solche sollen vielmehr auch in anderen städtischen Krankenhäusern Aufnahme finden. Der Transport aller Cholera-Hinfälligen nach einem einzigen Punkt würde mitunter nicht bloß barbarisch gegen die Kranken, sondern auch gefährlich für den einzelnen Stadtteil werden.«

Hoffentlich werde ich nicht ebenfalls weggefangen, wenn es ruch-

bar wird, dass ich Kontakt zum Baron vom Jouquiers hatte. Franz von Baudessin, dieser Kanaille, ist alles zuzutrauen, dachte sich der Kriminalpolizei-Inspektor und blätterte weiter.

Zwei Seiten weiter erweckte eine großformatige Anzeige sein Interesse: »Mit Beendigung dieser Saison schließen wir unser Spezialgeschäft. Es war uns unmöglich, in der bisherigen Frist unser so großes Lager zu räumen. Deshalb haben wir die Bestände neu aufgenommen und die bisherigen außergewöhnlich niedrigen Preise, besonders die der allerfeinsten Tee- und Toilettentische, Büfetts, Lehnstühle und diverser weiterer hochwertiger Möbel, nochmals ganz erheblich reduziert. Wir führen nur reelle Waren, für deren Güte wir hiermit einstehen. Wir eröffnen den Verkauf bis auf weiteres täglich und bitten, den Bedarf möglichst rechtzeitig zu entnehmen. Schröter & Gräbner, Berlin N., Lothringer Straße 97–98, Ringbahn-Haltestelle am Geschäft.«

Louis von Angern beschloss, am Montag den Herren Schröter & Gräbner einen Besuch abzustatten und sie zu ihrem Lieferanten zu befragen. Für ein Möbelgeschäft war eine Niederlassung an einer solchen Haltestelle die ideale Lage. Die Ringbahn in Berlin besaß je zwei Gleise für den Güter- und je zwei für den Personenverkehr. Auf den letzteren Gleisen wechselten regelmäßig Nordring- und Südringzüge von der Stadtbahn aus auf die beiden Hälften des Ringes über. Sie stellten dadurch eine Verbindung zu einer großen Zahl von außen liegenden Stationen her. Die Kunden konnten demzufolge ihre Einkäufe quasi von der Ladentür aus direkt in die Gepäckwagen verladen und preisgünstig zu einem Bahnhof in unmittelbarer Wohnnähe transportieren lassen, wo Dutzende Dienstmänner mit ihren Schiebekarren geduldig darauf warteten, den Rest des Weges übernehmen zu dürfen.

Mitten in diese Überlegungen hinein öffnete sich die Tür. Trauthelm trat herein. Der Filius hinkte leicht und machte einen betrübten Eindruck. Sein rechtes Auge schmückte ein in vielerlei

Farben schillerndes Veilchen, wobei die tiefen Grün- und Blautöne überwogen.

»Mein lieber Sohn, wie schaust du denn heuer aus?«, fragte ihn verblüfft sein Vater. »Du bist je völlig derangiert. Seit wann werden auf dem Fechtboden blaue Augen statt ehrenvoller Schmisse verteilt?«

»Die Verletzungen habe ich mir nicht in meiner schlagenden Verbindung, sondern auf einem Rasenplatz in Gottes freier Natur zugezogen«, antwortete Trauthelm mürrisch. »Ich habe dort an einem englischen Spiel teilgenommen, welches in letzter Zeit bei uns modern geworden ist und sich Fußball nennt.«

»Meinst du etwa diesen Unsinn, bei dem erwachsene Männer hinter einer mit weichem Leder bezogenen Ochsenblase herrennen und versuchen, sie durch ein Mal zu treiben?«

»Es ist kein Unsinn, Papa, sondern ein sportliches und nützliches Bewegungsspiel. Es besitzt allerdings – wie die meisten guten Sachen – auch eine Schattenseite. Sie besteht darin, dass Drängen, Stoßen und Ringen dabei unvermeidlich sind. Manchmal werden auch Ausschreitungen ausgelöst. Ein einprägsames Beispiel für einen solchen Exzess lässt sich an meinem Gesicht ablesen. Aber du solltest einmal meinen Gegner sehen. Den würde zurzeit noch nicht einmal seine eigene Amme erkennen.«

»Hattest du wenigstens Erfolg? Konntest du eine solche Blase durch das Mal expedieren und als Siegestrophäe mit nach Hause nehmen?«

»Nein, Papa. Die Blase heißt Fußball, und das Mal wird Tor genannt. Der Sinn des Spiels besteht darin, den Ball jeweils in das Tor des Gegners zu schießen. Ist ein solcher Coup geglückt, beginnt der Spaß von neuem. Gewonnen hat jene Mannschaft, die in einem gewissen Zeitrahmen die meisten Volltreffer landen konnte. Die Zahl der Spieler ist nicht willkürlich, sondern begrenzt. Es werden zwei Parteien in der Zahl von je elf Mitgliedern gebildet. Darunter befinden sich sogenannte Markmänner, aber auch Torwächter. Ich bin ein Stürmer, ein *Forward*. Ich renne vorneweg und schieße den Ball auf das Tor. Die Gegner versuchen mich gewaltsam daran zu hindern, und im Nu ist die schönste Klopperei im Gange.«

»Nun, aus meiner Kinderzeit ist mir in Erinnerung, das beim Murmel- oder Märbelspiel auch auf eine Art Tor in Form einer Kuhle gezielt wurde. Derjenige Junge, dem es gelang, eine Kugel nach der anderen in dem Loch zu versenken, durfte sie mit nach Hause nehmen. Das scheint beim Fußballspiel offensichtlich anders zu sein, auch wenn mir der Sinn des Unterfangens nicht recht einleuchten will. Aber nun genug davon geschwatzt.«

»Das will ich wohl meinen. Wann gibt es endlich Frühstück? Ich habe einen Mordshunger.«

»Das Morgenmahl wurde bereits vor geraumer Zeit, und zwar um neun Uhr gereicht. Jetzt ist Pause. In einer halben Stunde geht es mit dem Mittagessen weiter. So lange musst du dich noch gedulden.«

»Was gibt es heute?«, wollte Trauthelm wissen.

Mitten in diese Frage hinein öffnete sich die Zimmertür. Die Mutter trat in den Salon ein. Sie hatte die letzten Worte gehört und beantwortete die Frage anstelle ihres Ehemannes selbst: »Eigentlich wollte ich eines meiner Lieblingsgerichte, nämlich ›Schlesisches Himmelreich‹ auftischen, bei dem eingeweichtes Dörrobst mit Speck und Zimt ausgekocht wird. Aber nun habe ich mich für einen überaus leckeren und nahrhaften Eintopf ›Süß Sauer‹ entschieden, der zuvörderst aus Birnen, Bohnen, Kraut, Zwiebeln und durchwachsenem Speck besteht. Dieses schmackhafte Essen ist gleich fertig. Es wird euch vortrefflich munden. Ihr könnt euch inzwischen die Hände waschen und den Tisch decken.«

Louis von Angern und sein Sohn wagten keine Widerworte, aber sie schauten sich resignierend an. Therese von Angern hätte das Zeug zu einer guten Köchin gehabt, aber es mangelte ihr entschieden an der nötigen Geduld, die einzelnen Etappen der Speisenzubereitung mit der angebrachten Sorgfalt zu überwachen. Im entscheidenden Moment ließ sie gern die Töpfe und Pfannen unbeobachtet. Deshalb waren bei ihr matschige Kartoffeln, aufgeweichte Nudeln und harte Schnitzel leider keine seltene Ausnahme, sondern die traurige Regel. Sie vertat sich auch gern beim Salzen und beim Pfeffern. Nichtsdestotrotz befand sie sich in dem festen Glauben, eine begnadete Küchenfee zu sein. Sie scheute deshalb auch nicht davor zurück, obskure regionale Rezepte auszuprobieren, die aus Schlesien, Pommern oder Posen stammten und die in den Küchen armer Leute aus der Not heraus geboren worden waren. Für die profane Berliner Küche hatte die Mutter nicht viel übrig. Der Rest ihrer Familie liebte aber einfache preußische Gerichte wie Bouletten, Kalbsleber, Eisbein und Ochsenfleisch. Leider aber kamen diese deftigen Speisen viel zu selten auf den Tisch.

Florentine erschien im Esszimmer, als der Rest der Familie schon beim Mittagsmahl saß. Das Mädchen warf einen prüfenden Blick auf die gefüllten Suppenteller und schlug sich vor Entsetzen mit der flachen Hand vor den Mund.

»Igittigitt, was ist das denn? Birnen, Bohnen und Speck? Das muss ja widerlich schmecken. Ich hatte auf ein Kotelett gehofft und hätte mich mit Hühnersuppe abgefunden. Aber diese vor Fettaugen triefende Brühe übertrifft meine schlimmsten Befürchtungen.«

»Hinsetzen!«, befahl ihre Mutter. »Es wird gegessen, was auf den Tisch kommt. Dies leckere Gericht war die Leib- und Magenspeise deiner Großtante Walburga, der liebe Gott sei ihrer armen Seele gnädig.«

»Weil sie ständig Birnen und Speck essen musste, hat sie freiwillig das irdische Jammertal verlassen und ist mit fünfundfünfzig Jahren gestorben. Anderenfalls könnte sie noch gutgelaunt unter uns weilen.« Florentine nahm murrend Platz. Sie steckte noch in ihrer Nachtwäsche. Sie hatte lediglich die Haube abgenommen und einen leichten Morgenrock übergestreift.

Um seine Tochter abzulenken, sagte der Vater: »Hier, Liebes, nimm dir ein Stück Brot. Dann wird dieses mit viel Liebe zubereitete Mittagsmahl gleich noch wesentlich besser munden. Was macht eigentlich diese weltberühmte Chanteuse namens Nordrun Dingsbums?«

»Dunkel ist Eurer Rede Sinn. Ich weiß nicht, was du meinst, Papa.«

»Na ja, ich meine jene Chansonnière, derentwegen du dir die Haare färben lassen wolltest?«

»Ach so, du meinst die Sängerin Nordrun Raven. Die Gute ist längst Schnee von gestern. Ich bin auf dem Weg der Erkenntnis ein gutes Stück weiter vorangekommen. Für mich liegt die Zukunft nicht länger in der Theatralik der Bühne. Miefige Etablissements sind nicht mein Podium. Ich finde meine Erfüllung in der sportlichen Betätigung unter freiem Himmel.«

»Um Gottes willen«, rief Louis von Angern entsetzt aus. »Du willst mir damit doch nicht etwa sagen, dass du wie dein verwirrter Bruder an der Spitze einer Schar Verrückter hinter einer ledernen Kugel herhetzen willst? Das schickt sich für Frauenzimmer ganz und gar nicht!«

»Aber nein, Papa, ein Fräulein von Rang frönt nicht solcherlei Unsinn. Ich bin der Landesvereinigung preußischer Velozipedistinnen beigetreten und lerne momentan, ein Corona-Sicherheits-Damenrad zu führen. Das ist keine so leichte Sache, weil die Balance gehalten werden muss. Beim Fahren mag es noch angehen, aber beim Stehenbleiben stürzt man gleich um. Die Konstruktion eines Corona ist interessant. Anders als bei einem Herrenfahrrad fällt bei einem Damenrad das horizontale Rohr weg. Dafür ist das untere Metallteil doppelt geschweift. Der Vorteil dieser seltsamen Ausführung besteht darin, dass mir auf diese Weise der Einstieg leichter gelingt. Das Hinterrad ist mit einem Drahtgeflecht und das Kettengetriebe mit einem durchsichtigen Zelluloidkasten versehen. Beide Vorrichtungen dienen zum Schutz gegen das Verfangen meiner Kleider. In England tragen die Radlerinnen statt Röcken praktische Hosenkostüme, aber hierzulande wird diese Mode noch als unschicklich angesehen.«

»Aha«, erwiderte ihr Vater verdutzt. Ihm wurde schmerzlich bewusst, dass ihn seine Arbeit zu sehr in Anspruch nahm und er von den Belangen seiner Familie kaum noch Kenntnis hatte. Dann setzte er hinzu: »Nichts ist ohne Risiko, aber Radfahren scheint mir auf jeden Fall ungefährlicher zu sein, als in eine von Lilienthals Flugmaschinen zu steigen.«

»Ach Papa«, murrte seine Tochter. »Dass du auch immer diese alten Geschichten aufwärmen musst. Die sind doch längst vergangen. Aber dürfte ich dich in diesem Zusammenhang um eine kleine finanzielle Unterstützung bitten? Du hast doch auch meines Bruders gesamte Fechtausrüstung bezahlt. Sobald ich in der Landesvereinigung die Fahrprüfung bestanden habe, möchte ich mir ein eigenes Veloziped kaufen. Ein gutes Damenfahrrad kostet etwa hundert Mark. Ich habe auch einiges an eigenem Geld gespart und könnte durchaus neun bis zehn Mark beisteuern. Also sag ja, liebster Papa, du würdest mich zum glücklichsten Menschen auf Erden machen.«

»Aber vorher machst du deine Mutter frohgemut, indem du endlich deinen Teller leerst«, ließ sich Therese von Angern vernehmen.

Trauthelm hingegen schwieg fein still. Auch bei ihm stand eine dringende Anschaffung auf dem Plan. Er musste sich einen für die Leibesausbildung auf dem Rasenplatz passenden Sportanzug beschaffen. Aber er wollte nicht mit der Tür ins Haus fallen, sondern einen günstigeren Moment für diese Bitte abwarten.

*

Nach einem Nickerchen im Ohrensessel, einer Partie Halma mit Florentine und einem frühen Abendessen verließ Louis von Angern sein Obdach und stieg im Haus eine Treppe höher. Im zweiten Obergeschoss wohnte sein väterlicher Freund, der berühmte Schriftsteller Theodor Fontane. Er stand in seinem vierundsiebzigsten Lebensjahr und war zu einem ehrwürdigen Greis mit schlohweißem Haupthaar und fliehender Stirn geworden. Ständig plagten ihn neue Zipperlein. Unlängst hatte er erst die schmerzhafte Vereiterung eines Backenzahns erdulden müssen. Die lebensbedrohende Gehirnischämie war auch noch längst nicht überstanden.

Der Kriminalpolizist klopfte an der Korridortür. Mete Fontane, die erwachsene Tochter des Dichters, öffnete ihm. Sie machte einen Knicks und sprach: »Herzlich willkommen, seine Exzellenz. Mein Herr Vater erwartet Euch bereits sehnsüchtig. Was darf ich Euch reichen?«

»Ein Topf Kaffee würde mir für den Anfang genügen«, antwortete der Besucher. »Aber ich will den darbenden Hausherrn nicht verschrecken, der leider Gottes immer noch auf jede Form von Koffein verzichten muss.«

»Daran tut Ihr gut. Wenn es Euch recht ist, werde ich Euch alternativ ein Glas eisgekühltes Wasser anbieten, welches mit meinem berühmten Kirschsirup verfeinert wurde. Ich habe den Saft selbst filtriert und nach der Appertschen Methode auf Flaschen gezogen. Ich bin sicher, dieses köstliche Getränk wird Euch vorzüglich munden.« Mit diesen Wort geleitete Mete den Gast in das Arbeitszimmer ihres Vaters.

Theodor Fontane saß an seinem Schreibtisch und legte einen Stift beiseite, als sein Freund eintrat. Der Verfasser von solch berühmten Werken wie *Unterm Birnbaum* und *Frau Jenny Treibel* trug eine behagliche Hausjacke nebst bequemen Pantoffeln mit kurzem Oberleder. Er drehte sich um, blieb aber sitzen.

»Der Herr von Angern, welch eine Freude. Ihren Lieblingsplatz auf dem Sofa habe ich extra für Sie frei gehalten. Ich habe soeben ein paar von meinen Kindheitserinnerungen zu Papier gebracht. Es ist schon erstaunlich, was alles im Gedächtnis wieder zum Vorschein kommt, wenn nur intensiv und lange genug darüber nachgedacht wird. Allerdings halte ich die These, dass die Jugendzeit die schönste Zeit im Leben gewesen sein soll, für ausgemachten Blödsinn. Die ›größte Zeit‹ trifft es wohl besser. Große Zeiten sind nämlich immer Zeiten, in denen alles schiefgeht. Und in meiner Kindheit ist so einiges gründlich schiefgegangen. Doch darüber ein anderes Mal mehr. Was bringen Sie mir mit? Welches knifflige Rätsel darf ich heute lösen?«

»Mit einem Denkspiel kann ich derzeit leider nicht dienen. Ich beschäftige mich justament mit einem Routinefall, bei dem die Fronten klar abgesteckt sind. Die einzige Besonderheit besteht darin, dass mich der Herr Polizeipräsident höchstpersönlich mit der Lösung beauftragt hat. Aber das wäre auch schon alles.«

Im Weiteren umriss Louis von Angern so knapp wie möglich die Betrügereien des angeblichen Freiherrn Maximilian von Grolman. Er ging auch auf den Plan ein, am Montag Verbindung zu den Polizeipräsidien in anderen deutschen Großstädten aufzunehmen, um die Details von ähnlich gelagerten Fällen in Erfahrung bringen zu können.

Fontane stellte eine erste Analyse an: »Es gibt eine Grundweisheit in diesem Fall. Sie ist reichlich vulgär und lautet: Der Bär scheißt nicht in den eigenen Wald. Daraus folgt, dass von Grolman keinesfalls aus Berlin stammt. Aber er wird einem Muster folgen. Wenn wir die Daten und Ort seiner früheren Taten kennen, sie auf einer Landkarte mit einer Linie verbinden und diese dann weiterführen, werden wir mit großer Wahrscheinlichkeit erraten können, wo der Halunke als Nächstes zuschlagen wird. Auf diese Weise wird er sich leichter ergreifen lassen, als kalten Spuren zu folgen.«

Louis von Angern wechselte das Thema. Er wollte noch auf die Bedrohung durch die Cholera zu sprechen kommen.

»Diese Seuche steckt sich nicht direkt von Person zu Person an«, wiegelte Fontane sogleich ab. »Die Infektionserreger werden mit dem Stuhl und dem Erbrochenen entleert. Die Verbreitung der Cholera erfolgt im nächsten Schritt durch die Verunreinigung der Nahrungsmittel und des Wassers mit diesen Dejekten. Die Bazillen erhalten sich außerhalb des menschlichen Körpers – so hat jedenfalls Professor Robert Koch herausgefunden – nur in feuchtem Zustand. Sie sterben sehr rasch durch Austrocknung. In unserem konkreten Fall bedeutet dies«, meinte der Dichter schmunzelnd, »dass Sie auf keinen Fall unseren personengebundenen Abort aufsuchen dürfen, sondern sich im Fall eines Bedürfnisses auf Ihren eigenen Abtritt hinunter in die Beletage bequemen müssen. Doch nun genug geredet, lasst uns endlich Taten sehn. Was halten Sie von einer anregenden Partie Schach? Go, das Nationalspiel der Japaner, wäre mir zwar viel lieber. Es ist nämlich nicht nur das älteste aller bekannten Spiele, sondern auch eines der interessantesten und geistreichsten. Aber leider beherrsche ich es nicht. Vielleicht können Sie es lernen, und es mir dann beibringen? Sie sind doch ein heller Kopf von rascher Auffassungsgabe.«

*

BERLIN, 28. AUGUST 1893

Louis von Angern nahm am frühen Vormittag des Montag die Ringbahn und fuhr zum Möbelgeschäft »Schröter & Gräbner« in der Lothringer Straße 97–98. Bei dem Firmensitz handelte sich um schlichtes, dreistöckiges Gebäude, das schon bessere Zeiten gesehen hatte. Die Fassade war grau, und der Putz bröckelte an mehreren Stellen ab. Auf dem Dach fehlten etliche Schindeln, und die insgesamt fünf Schornsteine sahen so aus, als ob sie der nächste kräftige Windstoß herunterwehen würde. Es gab weder Schaukästen noch Auslagen, sondern nur ganz normale Fenster, davon aber reichlich, denn die Straßenfront des Möbelladens war mindestens hundertundfünfzig Meter lang. Auf den eigentlichen Zweck des Bauwerks wies ein großformatiges Firmenschild oberhalb der zweiten Etage hin, auf dem in großen schwarzen Lettern auf weißem Grund »Möbel-Spezialgeschäft Schröter & Gräbner« stand. Vor der Eingangstür in der Mitte des Geschäftshauses staute sich eine Menschenschlange in Zweierreihen. Mehrere junge Menschen, angetan mit blauen Lehrlingsschürzen, sorgten für Ordnung.

Der Kriminalpolizist ging an den Wartenden vorbei und ignorierte das anschwellende Gemurre.

»Eh, Männeken, stell dir jefälligst hinten an! Oda jloobste, du wärst wat Besseres?«, krakeelte ein besonders kecker Bursche schließlich lauthals.

Louis von Angern blieb augenblicklich stehen, drehte sich langsam um, ließ den Knauf seines Stockes in die linke Hand klatschen und musterte den Rufer mit finsterem Blick. Der schrak auf der Stelle zusammen und versuchte sich noch kleiner zu machen, als er es ohnehin schon war.

Auf den Treppenstufen vor dem Portal hatte sich ein vierschrötiger Mann von Mitte vierzig aufgebaut. Unter einem blauen Arbeitskittel trug er einen Umlegekragen und eine schmale Halsbinde.

»Wo finde ich die Herren Schröter und Gräbner?«, fragte ihn der Kriminalpolizist.

»Wer will das wissen?«, lautete die patzige Antwort.

»Ich«, erwiderte Louis von Angern und ließ seine Polizeimarke blitzen.

»Den Herrn Gräbner gibt es hier nicht mehr. Der hat bereits vor einem Jahr die Firma verlassen und ist zwischenzeitlich nach

Amerika ausgewandert. Sie können ihn dort gerne in Chicago besuchen, wenn Sie große Sehnsucht nach ihm verspüren. Der Herr Schröter existiert noch. Er ist aber momentan stark beschäftigt. Sie sehen ja, was hier los ist. Am besten ist, Sie schauen in ein paar Tagen wieder vorbei, wenn sich der größte Andrang gelegt hat.«

Der siebenundvierzigjährige Kriminalpolizei-Inspektor war 1,85 Meter groß, schlank und gut durchtrainiert. Im Deutsch-Französischen Krieg hatte er einen Lungendurchschuss rechts neben dem Herzen mit Verletzung zweier Rippenbogen, des Trapezmuskels und der Zwischenrippennerven überlebt. Als Spätfolge der schweren Verwundung war eine schnelle Reizbarkeit zurückgeblieben, und in seinem Zorn konnte er fürchterlich werden.

Ein genauer Beobachter hätte feststellen können, wie ihm jetzt leichter Rauch aus den Nasenlöchern und den Ohren quoll. Die Gesichtsfarbe wechselte in ein heftiges Rot, und die Hände begannen leicht zu zittern.

Von alledem bekam der Rüpel im blauen Arbeitskittel nichts mit. Für ihn war das Gespräch bereits beendet gewesen, und er ließ seinen Blick in die Ferne schweifen. Im nächsten Moment – er wusste nicht, wie das hatte geschehen können – fand er sich rücklings auf dem Pflaster liegend wieder. Eine harte Faust zerrte an der Halsbinde und zog seinen Kopf in die Höhe.

»So, mein liebes Freundchen, du schaffst mir auf der Stelle den Herrn Schröter her, oder eine Grüne Minna verfrachtet dich wegen Behinderung der Polizeiarbeit ins Kittchen. Du hast die Wahl. Wie entscheidest du dich?« Die Faust von Angerns öffnete sich und ließ die Halsbinde los.

Der Kopf des Mannes folgte den Gesetzen der Schwerkraft und prallte mit einem dumpfen Geräusch auf dem Pflaster auf. Es klang völlig harmlos, und zwar so, als hätte jemand ein Frühstücksei aufgeschlagen.

»Au, au, verdammter Mist«, fluchte der Einlasser, rappelte sich auf und klopfte sich den Straßenschmutz von den Sachen. »Ich bin Hermann Schröter, der Inhaber dieses Ladens. Was wollen Sie von mir?«

»Das sage ich Ihnen an einem Ort, wo wir unter vier Augen reden können.«

»Dann folgen Sie mir bitte in mein Kontor. Es befindet sich ganz am Ende der Verkaufsräume.«

Das Kontor glich einem Gerümpellager. Auf dem Schreibtisch stapelten sich die Akten, Papiere lagen in wirren Haufen auf dem Boden, und die Hälfte des Raumes wurde von Pappkartons in allen Größen eingenommen. Hermann Schröter befreite zwei Stühle von irgendwelchem Krimskrams und ließ sich schwer atmend nieder.

»Es tut mir leid, wenn ich vorhin etwas barsch zu Ihnen war, aber ich weiß beim besten Willen nicht, wo mir der Kopf steht«, entschuldigte er sich beim Kriminalpolizei-Inspektor.

»Weshalb sind Sie die Sache nicht etwas langsamer angegangen? Es gibt doch keinen vernünftigen Grund dafür, alles auf einmal losschlagen zu wollen. Wenn Sie die Preise sukzessive herabsetzen würden, wäre Ihr Reingewinn am Ende doch viel größer.«

»Damit haben Sie hundertprozentig recht, aber in diesem Fall geht es nicht anders«, antwortete der Möbelhändler.

»Hat Ihnen der Vermieter gekündigt?«

»Nein, das Grundstück gehört mir noch. Ich will es erst verkaufen, wenn die Lager restlos geräumt sind.«

»Dann nennen Sie mir bitte den Grund, der Sie zu diesem unvernünftigen Handeln zwingt.«

Hermann Schröter seufzte. »Ich nehme an, dass Sie nicht zufällig hier vorbeigekommen sind. Deshalb will ich erst gar nicht versuchen, um den heißen Brei herumzureden. Ich habe die gesamte Chose zu einem Spottpreis aufgekauft.«

»Von wem, wenn ich fragen darf?«

»Der Mann nannte sich Heinrich Kornfeld. Ich kannte ihn vorher nicht und bin ihm im Laufe der Zeit höchstens dreimal begegnet. Er hat mir einen Realkontrakt vorgelegt, der ihn als den rechtmäßigen Eigentümer der Möbel auswies. Ich habe ihn ordnungsgemäß bezahlt, und damit war die Sache für mich zunächst erledigt. Geschäfte dieser Art, wenn auch in viel kleineren Größenordnungen, schließe ich ständig ab. Es gibt viele Gründe, Möbel billig abzugeben. In einem Fall geht die Firma pleite, in einem anderen Fall wird dringend Bargeld benötigt oder aber das Sortiment wurde von der Pike auf geändert. Die wahren Beweggründe sind mir völlig gleichgültig, solange alles koscher ist und mir eine Besitzurkunde vorgelegt wird. Ich bin ein Zwischenhändler. Ich lebe von dieser Art Geschäfte.«

»Aber diesmal war es anders.«

»Ja, leider«, murmelte Hermann Schröter voller Selbstmitleid.

»Wussten Sie, von wem die Ware ursprünglich stammte?«, wollte der Kriminalpolizei-Inspektor wissen.

»Ja, sicherlich. Erstens kenne ich mich in dem Metier bestens aus, und zweitens sind die Möbel mit dem Fabrikzeichen ›Oscar, Xaver & Co.‹ gekennzeichnet. Dahinter verbirgt sich das größte Berliner Möbelhaus, und zwar das ›Detailgeschäft v. Jouquiers‹. Zwischen ihm und meinem Laden liegen Welten. Deshalb konnte ich mein Glück zunächst nicht fassen. Aber ich hatte mich zu früh gefreut.«

»Inwiefern?«

»Mein ursprünglicher Plan bestand darin, diese wirklich erstklassigen Stücke leicht herabgesetzt nach und nach zu verkaufen. Eine Schwemme macht den Markt kaputt und verdirbt die Preise. Doch vor ein paar Tagen ist dieser Heinrich Kornfeld erneut bei mir aufgetaucht. Er riet mir dringend, die gesamte Partie auf einmal abzustoßen.«

»Welchen Grund hat er dafür genannt?«

»Er ist ein Betrüger. Er hatte die Möbel mit einem faulen Wechsel gekauft. Bis zu dessen Fälligkeit ist für mich alles in bester Ordnung. Doch sobald der Wechsel platzt, ändert sich alles von Grund auf. Dann verwandeln sich die Möbel schlagartig in eine durch Betrug erworbene Ware. Ich werde dadurch zum Hehler. Ich kann mich nicht herausreden, denn Unwissenheit schützt vor Strafe nicht. Ich könnte alles verlieren und im schlimmsten Fall sogar ins Gefängnis kommen. Dazu verspüre ich nicht die geringste Lust. Deshalb musste ich diese verzweifelte Aktion starten. Finanziell betrachtet, ist sie ein Schlag ins Wasser. Mein geplanter Gewinn halbiert sich. Der Aufwand ist ungleich größer. Aber ich habe meine Lehren daraus gezogen. Sobald ich den Laden für immer schließen kann, folge ich meinem Partner und wandere in die Nordamerikanische Union aus.«

»Das wird kaum gehen«, erwiderte Louis von Angern trocken.

»Stehe ich unter Arrest?«, stotterte der Möbelhändler entsetzt.

»Nein, sondern weil die Schifffahrtslinien in die Staaten wegen der Cholera-Epidemie unterbrochen sind.«

»Die Seuche kann mich nicht schrecken. Ich habe noch einige Wochen Zeit, meine Geschäfte abzuwickeln. Ich denke, Ende September dürfte bei der Seuche das Schlimmste überstanden sein und wieder Normalität einkehren. Dann wird sich Uncle Sam über meinen Besuch freuen.«

»Noch eine Frage zum Schluss«, meinte der Kriminalpolizist. »Wie sieht dieser Heinrich Kornfeld aus?«

»Er ist von mittlerem Alter und guter Statur, trägt gepflegte Kleidung, hat volles Haupthaar, aber keinen Bart. Er besitzt ein umgängliches Wesen und kann sehr überzeugend wirken. Alles, was er sagt, hat Hand und Fuß.«

Louis von Angern wollte sich bereits zur Tür wenden, da fiel ihm noch etwas ein: »Sie wussten, dass die Möbel vom Baron von Jouquiers stammten. Ist es Ihnen nicht gleich spanisch vorgekommen, dass diese guten Stücke zu Schleuderpreisen verhökert wurden?«

»Wie ich bereits sagte: Mein Geschäft lebt ausschließlich davon, dass ich Restposten zu günstigen Preisen aufkaufe und mit einem angemessenen Aufschlag weiter veräußere.«

»Nun gut, das mag für gewöhnliche Dutzendware zutreffen. Aber in diesem Fall handelt es sich um ein Sortiment exquisiter Tee- und Toilettentische, Büfetts, Lehnstühle etc. pp., das nun verramscht wird. Wie wir an dem Andrang sehen, hat sich das in der Stadt in Windeseile herumgesprochen. Dadurch erleidet der Baron gleich einen doppelten Verlust: Nicht nur dass ihn ein Betrüger geprellt hat, gleichzeitig wird ihm auch noch das Wasser abgegraben. Nun kaufen die Leute hier bei Ihnen ein, und nicht länger bei ihm.«

»Was soll ich dazu sagen, Herr Kriminaler? Mein eigenes Unternehmen ist bereits zweimal bankrottgegangen, weil sich zwielichtige Gestalten auf meine Kosten bereichert hatten. Einen Zivilprozess konnte ich sogar gewinnen. Mein Geld habe ich trotzdem nicht zurückerhalten. So ist das Leben eben. Manchmal gewinnt man, und manchmal verliert man. In Ihrem Beruf wird das kaum anders sein. Die große Kunst besteht lediglich darin, sich nicht unterkriegen zu lassen.«

4. Max und Moritz

John Maynard war unser Steuermann,
Aus hielt er, bis er das Ufer gewann.
Theodor Fontane, »John Maynard«

BERLIN, 30. AUGUST 1893

In der Delbrückstraße im Grunewald stand versteckt hinter hohen Bäumen eine hübsche kleine Villa im italienischen Stil. Von ihrer Rückfront aus bot sich über eine flach abfallende Rasenfläche hinweg ein wunderbarer Blick auf das milchig-blaue Wasser des Hubertussees. Baron von Jouquiers hatte das leicht heruntergekommene Anwesen vor einigen Jahren gekauft und es von Grund auf modernisieren lassen. Im Hause gab es jetzt elektrisches Licht in allen Räumen, etliche Badezimmer mit fließend warmem und kaltem Wasser sowie ein ausgeklügeltes Heizungssystem, das eine Zentralheizung, eine Warmluftheizung und mehrere Kamine auf geschickte Weise miteinander kombinierte.

Der trapezförmig geschnittene Wintergarten mit seinem direkten Zugang zur Terrasse war unlängst zu einem provisorischen Spitalzimmer umfunktioniert worden. Drei examinierte Pflegerinnen kümmerten sich seit der Rückkehr des Barons aus

Hamburg rund um die Uhr um sein Wohlergehen. Der Hausarzt Dr. Julius Loewensohn kam täglich vormittags um zehn Uhr zu einer Visite vorbei. Aus rein medizinischer Sicht wäre das nicht unbedingt nötig gewesen. Der Patient wurde bestens versorgt, es fehlte ihm an nichts. Doch der Doktor hatte die Erfahrung gemacht, dass außer den Arzneien auch die regelmäßige menschliche Zuwendung einen großen Einfluss auf den Heilungserfolg besaß. Die Besuche fielen ihm leicht, denn der Baron von Jouquiers war ein angenehmer Kranker, dem er sich außerdem freundschaftlich verbunden fühlte.

Nachdem Dr. Loewensohn seinen Patienten gründlich untersucht hatte, fragte er ihn: »Wie fühlen Sie sich, mein Bester? Sie machen von Tag zu Tag sichtliche Fortschritte. Noch ein wenig Geduld, bald schon sind Sie wieder ganz der Alte.«

»Das Gefühl habe ich auch. Ich bin noch etwas matt, aber es geht mir bereits wesentlich besser.«

»So wie es scheint, haben Sie Glück im Unglück gehabt und sich nur eine leichte Form der Krankheit zugezogen. Seltsamerweise schlägt die Cholera nicht bei allen Menschen gleichermaßen zu. Einige sterben bereits nach wenigen Stunden, andere sind so wie Sie ruckzuck wieder auf dem Damm. Das liegt nicht zuletzt an der raschen und guten Pflege, die Ihnen zuteilwurde. Sie hat eine erfreuliche Wirkung gezeigt. Die Medikamente und die physiologische Kochsalzlösung haben gleichermaßen gut angeschlagen. Nicht nur die Diarrhöe, auch die nicht minder gefährliche Austrocknung und die Entsalzung des Körpers konnten gestoppt werden. In Anbetracht dessen müssen Sie allerdings in den nächsten Tagen noch reichlich trinken, weit über das normale Maß hinaus.«

»Das ist ein ausgezeichneter Vorschlag, mein lieber Doktor. Welche Sorte empfehlen Sie mir aus medizinischer Sicht: Gersten-, Weizen-, Braun-, Weiß-, Doppel- oder Lagerbier? Oder tut es zur Not auch ein leichtes Sommerbier?«

»Es freut mich, dass Sie endlich Ihren Humor wiedergefunden haben.« Der Arzt schmunzelte. »Leider ist Ihnen zurzeit Alkohol in jeder Form strengstens verboten. Ihre inneren Organe sind noch zu stark angegriffen. Doch außer dieser schlechten habe ich auch eine gute Nachricht für Sie. Wenn es Ihnen behagt, dürfen Sie heute für einige Minuten aufstehen und sogar schon leichte, reizlose Kost zu sich nehmen.«

»Die strenge Fastenkur der vergangenen Tage hat auch eine gute Seite gehabt. Mein Bäuchlein ist fast völlig verschwunden. Lediglich einige Speckrollen erinnern an den alten Zustand. Doch jetzt, wo die Entbehrungen ein Ende haben, gelüstet es mich nach einer vor Fett triefenden Poularde am Spieß, gut durchgebraten.«

Der Doktor lachte. »Eine solche Speise würde mir ebenfalls munden, wäre aber für Ihren nervösen Magen noch zu früh. Ich lasse der Köchin einen ausführlichen Diätplan da. Ihre verdauenden Sekrete wie Speichel, Magensaft und Galle sind durch die Cholera stark angegriffen worden. Die aufsaugende Tätigkeit des Darms scheint mir erheblich beeinträchtigt zu sein. Wichtig ist deshalb, dass Sie sich regelmäßig kleine Mahlzeiten gönnen, sozusagen Ihre Lebensweise nach der Uhr regeln. Nehmen Sie keine kalten, sondern nur mundgerecht erwärmte Speisen zu sich, kauen Sie gut und lange durch, sorgen Sie für eine gründliche Reinigung der Mundhöhle. Wenn Sie diese Anweisungen peinlich genau befolgen, können Sie in vier, fünf Tagen bereits wieder auf dem Damm sein.«

»Die Botschaft höre ich nur gar zu gerne, Doktor. In meinem Geschäft geht es nämlich zurzeit drunter und drüber. Meine ordnende Hand fehlt an allen Ecken und Enden.«

»Haben Sie keinen Kompagnon oder Geschäftsagenten, der Sie in Ihrer Abwesenheit würdig vertreten kann?«

»Leider nein. In meiner Fabrik gibt es einen Werkführer und in meinem Detailgeschäft ein Direktorium. Doch ich bin die einzige Person, die den Gesamtüberblick besessen hat. Hier in auf meinem Krankenlager in der Bettengruft fühle ich mich wie abgenabelt von der Welt. Schlimme Dinge bahnen sich an, die entschlossenes Handeln erfordern würden. Meine Krankheit wird als Schwäche ausgelegt. Demgegenüber bin ich völlig hilflos und kann von diesem Siechenlager aus nichts unternehmen.«

»Dann sollten Sie schnellstens für Abhilfe sorgen und sich einen Partner suchen«, riet ihm Dr. Julius Loewensohn. »Wir wandeln nicht auf ewig über die grünende und blühende Flur. Sie haben ja justament am eigenen Leibe verspürt, wie schnell sich die Lebensumstände von Grund auf ändern können.«

»Ein Schlückchen Lebenselixier würde mir jetzt guttun.«

»Sie meinen das *elixirium ad longam vitam*, welches von dem schwedischen Arzt Urban Hjärne aus Aloe, Rhabarber, Enzian, Safran und einigen Wurzel unter Zuhilfenahme von Spiritus zusammengebraut wurde? Das hilft nur, wenn man fest daran glaubt. Viel wirksamer hingegen sind die folgenden wichtigen Maßregeln: Lassen Sie auch fürderhin täglich die Bettwäsche wechseln. Die Laken müssen sorgsam ausgekocht werden. Benutzen Sie stets die Bettpfanne. Das Entleeren derselben sollen die Krankenpflegerinnen übernehmen. Vermeiden Sie jeglichen Hautkontakt mit anderen Personen, auch den mit Ihrer Frau Gemahlin. Das ist jedoch kein Beinbruch. Eine gewisse Enthaltsamkeit von Zeit zu Zeit tut jeder Ehe gut. Gleichwohl dürfen Sie bereits jetzt schon Besuch empfangen. Sie können schließlich jede Aufmunterung vertragen. Lediglich in einem gesunden Körper wohnt ein gesunder Geist. Das gilt auch umgekehrt. Gleichwohl muss eine gewisse Distanz eingehalten werden, um alle Anwesenden vor schädlichen Keimen zu schützen. Am besten ist es, Sie lassen quer durch Ihr Schlafgemach ein festes Seil als optisch sichtbare Trennlinie spannen, um den genauen Rahmen abzustecken.«

»Wie Sie meinen. Ich werde mich wie ein Ausstellungsstück

in einem Museum oder wie eine Kreatur in einer Menagerie fühlen. Allerdings bin ich in diesem Fall das wilde Tier, das bestaunt werden will.«

»So, genug geplaudert.« Der Arzt erhob sich. »Meine anderen Patienten verlangen nach mir. Aber sobald sie völlig genesen sind, sollten wir einen kleinen Herrenabend mit zehn Sorten Bier und Poularde am Spieß veranstalten.«

*

In den frühen Nachmittagsstunden desselben Tages erschien Louis von Angern beim Baron zum Rapport. Nicht dass es sonderlich viel zu berichten gegeben hätte, aber er wollte einer entsprechenden dienstlichen Anweisung des Polizeipräsidenten zuvorkommen.

Ein Diener in schlichter schwarzer Kleidung geleitete den Kriminalpolizisten auf direktem Weg vom schmiedeeisernen Tor an der Straße bis hinauf in den Wintergarten. An der Tür zum Krankenzimmer blieb Louis von Angern verwundert stehen und schaute sich um. In der Halle hatte ein ausgestopfter Bär gestanden, und die Korridore quollen förmlich über vor antiken Statuen und großformatigen Ölgemälden. Im Gegensatz dazu wirkte der Wintergarten reichlich kahl. Sämtliche Palmen, sonstige Blumenkübel, Vorhänge, Teppiche und Polstermöbel, die hier sicher einmal gestanden hatten, waren restlos entfernt worden. Der Marmorfußboden glänzte wie frisch poliert. Eine rote Schnur in halber Höhe teilte den Raum in zwei ungleiche Hälften. Linkerhand, in dem größeren Bereich, hatte sich eine kleine Personengruppe auf weiß lackierten Sesseln und Stühlen aus Spanischem Rohr verteilt, die äußerst unbequem sein mussten, wie sich an den angespannten Mienen und den verkrampften Körperhaltungen leicht ablesen ließ.

Auf der Fläche rechterhand stand neben einem Beitisch, wie er gewöhnlich in Spitälern Verwendung findet, das Bett des Kranken. Es war aus Metall, ruhte auf Rollen und verfügte über eine verstellbare Kopflehne, eine Schlummerrolle und ein festes Rosshaarkissen an seinem Fußende. Der Baron von Jouquiers lag unter einer leichten, baumwollenen Decke. Er wirkte stark abgemagert und trug auf dem Kopf eine Nachtmütze. Infolge seiner geringen Körpergröße wirkte er nur noch wie ein hochgewachsenes Kind, und nicht länger wie ein erwachsener Mann.

»Nur keine Angst, mein Bester, treten sie näher«, rief der Baron. »Das sind alles Anverwandte. Die tun Ihnen nichts. Aber achten Sie sorgsam auf die spitzen Zungen meiner Sippschaft. Sie könnten sich sonst unangenehm verletzen.«

Eine hübsche, schlanke Dame mittleren Alters erhob sich von ihrem Sitzplatz neben einem offenen Marmorkamin, in dem sich mehrere unangezündete Holzscheite stapelten. Sie trug ein elegantes blaues Kleid, hatte blonde Locken und stellte ein freundliches Lächeln zur Schau:

»Welch eine Freude, Sie endlich persönlich begrüßen zu dürfen. Ich bin Philippine von Jouquiers. Mein Gemahl hat mir bereits viel von Ihnen erzählt. Sie sollen eine wahre Geißel für jeden Schurken sein, denn Sie kennen kein Erbarmen und geben nicht eher Ruhe, bis jeder, der es verdient hat, hinter Schloss und Riegel sitzt. Seien Sie also hier in unserer kleinen Gemeinschaft herzlich willkommen. Gestatten Sie mir bitte, Ihnen die übrigen Personen vorzustellen.« Sie ließ den Blick schweifen und wies dann in die Runde: »Der ältere Herr dort mit dem Backenbart ist kein unmittelbarer Blutsverwandter, sondern der Stiefbruder meines Gatten. Aufgrund dieser leichten genealogischen Verwicklung trägt er nicht unseren Familiennamen, sondern heißt Sebastian von Balau. Er führt zurzeit das anstrengende Leben eines Rentiers und ist mit der Schönheit links neben ihm verheiratet, der ehrenwerten Radomila von Balau. Sie war früher Opernsängerin und ist auf allen bedeutenden internationalen Bühnen zu Hause gewesen. Das Temperament einer Diva hat sie auch im Ruhestand behalten. Verzichten Sie also besser darauf, sie unnötig zu reizen. Wenn sie wütend wird, vermag sie mit ihrer Stimme Glas zu zersingen und es in tausend Stücke zerspringen zu lassen. Sie beginnt mit Sektkelchen und macht selbst vor Fensterscheiben nicht halt. Ich hatte deshalb bereits ernsthaft in Erwägung gezogen, den Glaser auf Dauer einzustellen.« Philippine von Jouquiers lächelte süffisant. »Dann haben wir dort drüben noch den Milchbart im Frack, einen Cousin zweiten Grades namens Theodor von Klitzing. Auch wenn er so wirkt, als sei er gestern noch in einer Fröbelschen Anstalt in kurzen Hosen umhergetollt, hat er doch vor kurzem nichts weniger als ein höheres Studium erfolgreich abgeschlossen und darf sich *magister artium liberalium* nennen. Das ehrenvolle Prädikat wurde ihm von der Philosophischen Fakultät der Friedrich-Wilhelms-Universität zu Berlin verliehen. Das ebenfalls kaum flügge gewordene junge Ding an seiner Seite hat er vor kurzem erst zu seiner Hauszierde erwählt. Seitdem heißt sie Adelaide von Klitzing. Sprechen Sie sie lieber nicht an, sonst werden Sie in eine Konversation verwickelt, die bis in die frühen Morgenstunden andauert.« Die Dame des Hauses blickte Louis von Angern eindringlich an. »Doch nun spannen Sie uns bitte nicht länger auf die Folter, mein bester Herr Kriminalkommissar. Was haben Sie uns zu berichten? An welch spannenden Fällen arbeiten Sie zurzeit?«

»Kriminalpolizei-Inspektor wäre die korrekte Anrede, gnädige Frau«, verbesserte sie Louis von Angern höflich, aber bestimmt.

»Wo liegt da der Unterschied?«

»Ach, du mein Dummchen«, mischte sich der Baron von seinem Krankenlager her ein. »Im stehenden Heer gibt es Generals-, Offiziers-, Unteroffiziers- und Mannschaftschargen. Bei der Polizei im Allgemeinen und bei der Kriminalpolizei im Besonderen ist das ähnlich. Unser heutiger Gast bekleidet den Posten des Dezernatsleiters der II. Inspektion. Zu seinen Untergebenen gehört ein ganzes Schock an Kriminalkommissaren.«

»Eijeijei. Ein starker, großer Mann von hohem Einfluss hier in unserem bescheidenen Heim. Welch eine große Ehre«, ließ sich die Baronin anerkennend vernehmen. »Nur zu schade, dass kein Fotograf anwesend ist, der diesen bedeutenden Moment auf eine Platte aus Bromsilbergelatine bannen könnte.«

Louis von Angern wusste nicht, was er von diesem nervtötenden Geplapper halten sollte. Obwohl sich die übrigen Personen aus dem seltsamen Monolog der Hausherrin völlig herausgehalten hatten, spürte er, dass eine gewisse Spannung in der Luft lag. Ob sie etwas mit seiner Person zu tun hatte oder ob er nur den Blitzableiter spielen sollte, konnte er nach den wenigen Minuten seiner Anwesenheit noch nicht beurteilen. Er verspürte jedoch nicht das geringste Interesse, es herauszufinden. Er wollte lediglich einen Höflichkeitsbesuch abstatten, zu dem er aus dienstlicher Rücksichtnahme gezwungen war, nicht mehr und nicht weniger.

Der Baron war trotz seiner krankheitsbedingten Schwäche immer noch feinfühlig genug zu bemerken, dass sich sein Gast unwohl fühlte. Von Jouquiers beendete deshalb die für alle Beteiligten unangenehme Situation, indem er sagte: »Meine lieben Anverwandten. Ich danke euch vielmals für den heutigen Krankenbesuch. Es wäre mir eine große Freude, wenn ihr ihn so bald als möglich wiederholen könntet. Aber nun bitte ich euch alle, den Raum zu verlassen. Das gilt auch für dich, liebste Philippine. Der Kriminalpolizei-Inspektor hat mir einige Mitteilungen zu machen, die aus dienstlichen Gründen streng vertraulich behandelt werden müssen.«

Die Stühle und Sessel wurden schurrend beiseite gerückt. Die Anwesenden erhoben sich, nickten dem Kriminalpolizisten zu und verließen einer nach dem anderen den Wintergarten. Philippine von Jouquiers ging als Letzte. Und wie es Louis von Angern erwartet hatte, wollte sie auch das letzte Wort haben.

»Mein Eheliebster«, sagte die Baronin. »Durch die Aufregungen der letzten Tage ist mein Nervenkostüm stark angegriffen. Ich werde zunächst noch unsere Familienmitglieder verabschieden und mich anschließend in mein Schlafgemach zurückziehen. Ich hoffe, bei einem leichten Schlummer Erquickung zu finden. Für die nächsten zwei, drei Stunden wirst du deshalb mit dem Herrn Kriminalkommissar oder weniger komfortabel mit einer Krankenpflegerin vorliebnehmen müssen.«

Nachdem die Baronin gegangen war, meinte ihr Ehemann: »Sie müssen entschuldigen, aber diese Äußerungen entsprechen ganz und gar nicht ihrem sonstigen Wesen. Philippine ist von ihrem Wesen her ein rücksichtsvolles Geschöpf. Sie macht sich lediglich berechtigte Sorgen um unser aller Zukunft. Wohl deshalb reagiert sie in letzter Zeit etwas seltsam. Sie muss auch ständig Fragen entgegnen, die sie beim besten Willen nicht beantworten kann. Glücklicherweise geht es mir inzwischen deutlich besser, und ich stehe nicht länger mit einem Bein im Grab. Das macht es auch für sie etwas leichter.«

»Das Dumme ist nur, dass sobald in einer Ehe die Schulmeisterei beginnt, die Liebe bald Ferien hat.«

»Das mag wohl so sein. Doch mein Hausarzt Doktor Julius Loewensohn hat vorhin eine gute Prognose abgegeben, was meinen Krankheitsverlauf anbelangt. Wenn alles gutgeht, werde ich in wenigen Tagen das Heft des Handelns wieder fest in meiner Hand halten. Doch nun berichten Sie doch bitte, Herr Kriminalpolizei-Inspektor, was Ihre Ermittlungen in der Zwischenzeit ergeben haben.«

»Noch nicht allzu viel, aber wir sind auf dem richtigen Weg. Zunächst bin ich von der Hypothese ausgegangen, dass es sich bei diesem Freiherrn Maximilian von Grolman um einen Wiederholungstäter handelt. Er hat ein einfaches und relativ risikoarmes Geschäftsmodell entwickelt. Deshalb folgt er diesem erprobten Muster. Um diese Theorie zu überprüfen, habe ich eine relativ neue Erfindung benutzt, die sich Fernsprecher nennt.«

Der Baron nickte. »Ich habe nicht nur davon gehört, sondern bereits mehrfach die Gelegenheit gehabt, einen solchen Telefonapparat auszuprobieren. Es ist eine wahrhaft verblüffende technische Erfindung, die das gesamte Leben revolutionieren wird.«

»In der Tat, das ist es. Seit kurzem sind die Polizeipräsidien in den meisten deutschen Großstädten mit derartigen Fernsprechern ausgerüstet. Auf diese Weise konnte ich in direkten Kontakt mit etlichen Beamten vor Ort treten, ohne die anderenfalls notwendigen weiten Reisen unternehmen zu müssen.« Der Kriminalpolizei-Inspektor räusperte sich. »Auf diese Weise gelang es mir, Folgendes zu ermitteln: In der Tat hat es eine längere Kette von Vorfällen gegeben, bei denen größere Posten an Möbeln mit ungedeckten Schecks oder Wechseln gekauft und sofort wieder weiterveräußert wurden.«

Der Baron richtet sich auf seinem Lager auf: »Spannen Sie mich bitte nicht unnötig auf die Folter. Nehmen Sie Rücksicht auf meine angeschlagene Gesundheit und rücken Sie freundlicherweise endlich mit den konkreten Ergebnissen heraus.«

»Begonnen hat es im Frühjahr 1891 in Stuttgart mit einem Sortiment von Stühlen, und es setzte sich im Herbst 1891 in Würzburg mit Küchenschränken fort. Die nächsten Stationen waren Erfurt im Frühjahr 1892 und Halle im Herbst 1892. Der Umfang der Transaktionen wurde von Mal zu Mal größer. Doch erst bei Ihnen hat der Verbrecher richtig zugeschlagen. Ich habe diese soeben genannten Städte auf der Landkarte mit einer Linie verbunden und dieselbige über Berlin hinausgezogen. Daraus folgt mit einiger Wahrscheinlichkeit, dass der saubere Freiherr demnächst in Stettin, Danzig oder Königsberg zuschlagen wird. Ich habe einen meiner Beamten damit beauftragt, die Adressbücher dieser drei Städte auf der Suche nach den darin verzeichneten größeren Möbelhändlern zu durchforsten. Sobald mir das Ergebnis vorliegt, lasse ich an alle diese Firmen amtliche Schreiben verschicken. Darin werden die Unternehmer aufgefordert, zum Schein auf das jeweilige Angebot einzugehen und unverzüglich die zuständige Polizeidienststelle zu benachrichtigen. Alles muss selbstverständlich unter größter Geheimhaltung geschehen. Wir dürfen das Wild nicht verschrecken. Es kann also nicht mehr allzu lange dauern, dann zieht sich das Netz zu, und unser Freund wird sich darin verfangen.«

»Konnten Sie noch mehr herausfinden?«, wollte der Baron wissen. »Handelt der Freiherr als Einzeltäter, oder sind mehrere Personen im Spiel?«

»Das wissen wir leider nicht«, musste der Kriminalpolizei-Inspektor voller Bedauern zugeben. »In jedem der vier Fälle wurde ein anderer Name verwendet: Herbert Lanz in Stuttgart, Adolf Lustig in Würzburg, Franz Schackwitz in Erfurt und Curt Schule in Halle. Klingelt da etwas bei Ihnen?«

»Nein. Aber ich werde sie mir notieren und später meine Geschäftsunterlagen überprüfen. Vielleicht stoße ich auf diese Weise auf einen Hinweis.«

»Nun, die Wahrscheinlichkeit, dass es sich jeweils um einen anderen Schurken gehandelt hat und dass der Freiherr Maximilian von Grolman lediglich ein Nachahmungstäter ist, erscheint mir äußerst gering zu sein. Ich glaube, dass er in Ihrem Fall deshalb einen adeligen Namen verwendete, weil er den größten Fisch in seiner Karriere an der Angel hatte. Aus Erfahrung weiß ich, dass sich die meisten Hochstapler Stück für Stück nach oben kämpfen. Das ist aus ihrer Sicht auch nur vernünftig, weil sie aus Anfängerfehlern lernen. Diejenigen, die gleich von Anfang das große Rad drehen, scheitern am ehesten«, erklärte Louis von Angern. »Sie sagten, dass der Freiherr ein kluger Mensch von hohem Verstand ist. Er hat sich Stück für Stück hochgearbeitet. In Berlin verfügte er schließlich über die nötige Erfahrung. Außerdem hatte er durch seine vorhergehenden kleineren Betrügereien das notwendige Kapitel, um die Scharade in seinem angeblichen Palais aufzuführen.«

»Was haben Ihre Kollegen in den anderen Städten zu Ihren Ermittlungen gesagt?«

»Bislang sind alle Betrügereien als Einzelfälle behandelt worden. In Stuttgart wurde nach einem Herbert Lanz, in Würzburg nach einem Adolf Lustig und so weiter gesucht. Die Fälle hatten ausschließlich regionale Bedeutung. Niemand konnte einen größeren Zusammenhang herstellen. Das hat sich inzwischen grundlegend geändert.«

»Damit wäre mir hoffentlich bald eine Sorge genommen«, seufzte der Rekonvaleszent. »Oder viele Köche verderben den Brei.«

»Schlimmer als es jetzt schon ist, kann es kaum noch kommen«, meinte Louis von Angern.

Er sollte sich mit dieser Prognose gründlich irren, wie sich bald herausstellen würde. Aber das konnte er nicht wissen. Wenn ihm die Fähigkeit, in die Zukunft zu schauen, tatsächlich gegeben worden wäre, hätte er längst in einem anderen Beruf gearbeitet. So aber setzte er fort:

»Vor einigen Tagen habe ich im Rahmen meiner Nachforschungen auch der Firma ›Schröter & Gräbner‹ einen Besuch abgestattet. Dort ist der Freiherr übrigens unter dem Pseudonym Heinrich Kornfeld aufgetreten. Sagt Ihnen dieser Name etwas?«

Der Baron schüttelte den Kopf: »Nein, auch den habe ich noch nie gehört.«

»Vor dem Möbelgeschäft herrschte ein gewaltiger Menschenauflauf, weil die guten Stücke weit unter Wert verschleudert wurden. Inzwischen mag es längst zu spät sein, aber wäre es nicht klüger von Ihnen gewesen, die Ware zurückzukaufen? Zurzeit erleiden Sie doch einen doppelten Verlust, weil Ihnen die Kundschaft wegbleibt und in Zukunft kaum bereit sein wird, die bislang üblichen Preise zu zahlen.«

»In der Tat, eine solche unkonventionelle Handlungsweise wäre möglicherweise eine Überlegung wert gewesen. Aber ich war an das Krankenlager gefesselt, und ich bin es immer noch. Ich konnte nicht das Geringste unternehmen.«

»Besitzen Sie denn keinen vertrauenswürdigen Stellvertreter, der in Ihrer Abwesenheit die Geschäfte regelt?«, wollte der Kriminalpolizei-Inspektor wissen.

»Sie sind bereits der zweite Mensch am heutigen Tag, der mich das fragt. Mein größter Fehler hat in der Vergangenheit wohl darin bestanden, dass ich zu erfolgsgewohnt war. Bis auf den kleinen Ausflug in die Politik ist mir alles, was ich angepackt habe, hundertprozentig geglückt. Darüber habe ich völlig vergessen, für einen Notfall wie den jetzigen vorzusorgen. Aber sobald ich wieder auf meinen Beinen stehe, werde ich mich darum kümmern. Das verspreche ich Ihnen.«

»Gibt es denn in Ihrer Familie niemanden, der Ihnen beistehen kann?«

Der Baron schüttelte betrübt den Kopf. »Leider nein. Meine beiden Söhne sind schon lange aus dem Haus. Der Ältere ist im diplomatischen Dienst tätig. Er arbeitet für die Kolonialabteilung des Auswärtigen Amtes. Er hat wesentlichen Anteil daran, dass vor drei Jahren die Verträge mit Großbritannien über die deutschen Schutzgebiete in Deutsch-Ostafrika zustande kamen. Er reist viel und ist an schnöder Kaufmannstätigkeit nicht interessiert. Der Jüngere hat schon in frühester Jugend seine Liebe zu Gott gefunden. Er ist Priester geworden.«

»Wie steht es mit Ihrer werten Frau Gemahlin? Sie macht einen aufgeweckten Eindruck.«

Der Baron lachte bitter. »Philippine beherrscht das Handelsgeschäft leider nur zur Hälfte. Sie weiß zwar sehr gut, wie man viel Geld rasch auszugeben vermag, aber über die Einnahmesituation macht sie sich keine Gedanken. Meine Gattin glaubt allen Ernstes, es sei ihr angeborenes Recht, ein Leben lang reich zu sein.«

»Was ist mit Ihren Verwandten? Der junge Herr von Klitzing machte doch einen sehr patenten Eindruck.«

»Theodor wäre mir als Partner sehr genehm, aber er steht ebenso wie meine Söhne nicht zur Verfügung. Ihm schwebt eine universitäre Karriere vor, und er hat auch das Zeug dazu. Sebastian von Balau, mein Stiefbruder, würde zwar sehr gerne in mein Geschäft einsteigen wollen, aber er ist dazu leider völlig ungeeignet. Er war Teilhaber der Metallgießerei ›Aschinger, Balau & Co.‹, die im vorigen Jahr auf spektakuläre Weise bankrottgegangen ist. Franz Aschinger hat sich um die Produktion gekümmert, und mein Stiefbruder war als Prokurist für die Buchhaltung verantwortlich. Es mangelte keinesfalls an Aufträgen, doch der Firma wurde auf unerklärliche Weise so viel Geld entzogen, dass sie ganz überraschend Konkurs anmelden musste. Sebastian von Balau ist um Haaresbreite an einem Strafprozess vorbeigeschrammt. Die Ermittlungen gegen ihn verliefen im Sande. Es gab zwar hartnäckige Gerüchte, er sei dem Glücksspiel verfallen, indessen liegen bis heute keine entsprechenden Beweise vor. Doch sei dem, wie ihm wolle. Franz Aschinger spricht seit dem Zusammenbruch kein einziges Wort mehr mit ihm, und ich werde einen Teufel tun, mir diese Laus in den Pelz zu setzen. Es mag sein, dass er unschuldig ist und ich ihm unrecht tue, aber das Risiko ist mir viel zu groß.«

*

BERLIN, 5. SEPTEMBER 1893

Die beiden braunen Wallache Max und Moritz waren als Clydesdale-Hengste in Schottland zur Welt gekommen. Trotz ihrer bedeutenden Körperschwere verfügten sie über einen verhältnismäßig raschen und leichten Gang. Sie waren speziell als Equipagenpferde gezüchtet worden, galten als ausdauernd und lammfromm. Baron von Jouquiers hatte sie vor einigen Jahren als Fohlen gekauft und von Hand aufgezogen. Da sie bereits als Einjährige kastriert worden waren, ähnelten sie von ihrem Körperbau her Stuten: Sie besaßen feiner geschnittene Köpfe, schlankere Hälse, breitere Kruppen, dünnere Schweife und weniger dichte Mähnen als unverschnittene Hengste derselben Rasse.

Der Baron hatte sich Max und Moritz ganz speziell für seinen Landaulet genannten Halbcoupéwagen angeschafft, mit dem er gern und häufig von seiner Villa aus zur Fabrik oder zum Möbelhaus fuhr. Der vierrädrige, glänzend schwarz lackierte Luxuswagen mit Langbaum, c-förmig gebogenen Federn, Hängeriemen und hydraulischer Bremse war auch für eine Person leicht zu handhaben. Der größeren Bequemlichkeit halber besaß das Halbcoupé ein extra Verdeck über dem Kutschbock, welches sich mit wenigen Handgriffen öffnen oder schließen ließ.

Philippine hatte mehrere Versuche unternommen, Max und Moritz als Reitpferde zu zweckentfremden, doch ihr Gatte war hart geblieben. Der Verkehr auf den Straßen nahm immer mehr zu. Da brauchte es Pferde, die sich durch nichts aus der Ruhe bringen ließen und zur Not ihren Weg auch allein nach Hause fanden. Deshalb mussten sie sich auf eine einzige Aufgabe konzentrieren können und durften nicht mit verwegenen Ausritten, leichtsinnigen Sprüngen über Hecken und Gräben oder anderem Firlefanz auf dumme Gedanken gebracht werden. Dieser sein Weitblick sollte dem Baron das Leben retten – jedenfalls vorerst.

Auf dem Gelände der Grunewald-Villa gab es zwar einen festangestellten Stallburschen, aber Baron Oscar Xaver von Jouquiers pflegte stets selbst zu kutschieren. Er liebte es, wenn er mit Karacho die Alleen entlangpreschen konnte und ihm der Fahrtwind um die Nase pfiff.

An diesem Tag war er gezwungen gewesen, dem Frühstückstisch vor der Zeit zu entfliehen. Die schlechte Laune von Philippine hatte sich in den letzten Tagen zwar spürbar verbessert, doch zur morgendlichen Tischgesellschaft waren auch sein Stiefbruder und dessen Ehefrau Radomila gestoßen.

Sebastian von Balau verfügte über das Feingefühl eines Holzpfostens. Noch vor dem Frühstücksei hatte er ein nicht enden wollendes Klagelied darüber angestimmt, wie ungerecht das Leben mit ihm umgesprungen sei. Er habe so gut wie alles verloren und müsse nun, im gestandenen Mannesalter, Angst vor der Zukunft haben. Radomila hatte in dasselbe Horn getutet.

Doch bevor ihn seine bucklige Verwandtschaft anpumpen konnte, war der Baron geflüchtet. Er hatte schweren Herzens auf die erste Morgenzigarre seit langem verzichtet und sich mit Geschäften entschuldigt, die dringend erledigt werden mussten. Und das war im Grunde genommen sogar die reine Wahrheit gewesen.

Die Kutsche stand abfahrtbereit auf dem gepflasterten Vorplatz. Die Pferde waren bereits angeschirrt und scharrten mit den Hufen. Auf Joseph Theben, den Stallburschen, war hundertprozentig Verlass.

Von Jouquiers warf sich einen ärmellosen Inverness-Mantel über, wie ihn Kutscher gern zu verwenden pflegten, rückte den Zylinderhut zurecht und stieg auf. Er löste die Bremse, schnalzte mit der Zunge und ließ die Peitsche knallen. Die Pferde trabten los. In der Delbrückstraße und in der Königsallee waren nur wenige Fahrzeuge unterwegs, aber auf dem Kurfürstendamm nahm der Verkehr spürbar zu.

Der Baron liebte das Tempo, aber er war ein besonnener Fahrer. Er scheute das Risiko, überholte nicht an unübersichtlichen Stellen und achtete peinlich genau darauf, die Bestimmungen des Wegepolizeirechts einzuhalten. In Höhe des Lehniner Platzes vernahm von Jouquiers plötzlich ein seltsames knarzendes Geräusch vom linken Vorderrad her. Er hielt mit der Kutsche am rechten Straßenrand, zog die Bremse an und stieg ab. Trotz einer gründlichen Inaugenscheinnahme konnte er nichts Außergewöhnliches feststellen. Die Achsen waren frisch gefettet. Im Geschäft würde sich ein Stellmacher darum kümmern müssen.

Der Baron stieg auf den Bock und löste die Bremse. Anschließend kletterte er wieder hinunter und überprüfte nochmals das Rad. Die Bremsbacken hingen frei. Er wackelte an den Speichen. Das Rad hatte kein Spiel. Er legte die Hand auf die Vollgummireifen. Sie waren nicht heiß.

Der Möbelhändler schüttelte verwundert den Kopf, stieg auf und fuhr weiter. Das knarzende Geräusch verstärkte sich und wurde zu einem schrillen Pfeifen. Im nächsten Moment löste sich das linke Vorderrad von der Kutsche, rollte allein weiter und blieb hinter dem Landaulet zurück. Der Wagen kippte nach links und drohte umzustürzen. Die Achse schliff kreischend über das Pflaster. Helle Funkengarben schossen durch die Luft. Die Pferde gerieten in Panik und drohten durchzugehen. Der Baron sprach beruhigend auf sie ein, zog die Zügel straff und lenkte nach rechts, rührte aber die Bremse nicht an. Die Wallache und die Kutsche gehorchten ihm. Die wilde Fahrt wurde gemächlicher. Das Rad rollte immer noch. Es setzte an, den langsamer werdenden Wagen zu überholen. Doch dann traf es die Deichsel und wurde in die Luft gewirbelt. Es flog im hohen Bogen über einen entgegenkommenden Bierwagen, knallte auf dem Bürgersteig auf und trudelte dann aus.

Inzwischen war die Kutsche zum Stehen gekommen. Dem

Baron war speiübel. Er wusste nicht, ob dies von der Aufregung oder von der gerade erst überstandenen Krankheit herrührte. Ihm stand kalter Schweiß auf der Stirn, und der Puls raste. Er zog die Bremse an, verknotete die Zügel und stieg mit wackeligen Beinen ab. Dann tätschelte er die Pferde und lobte sie. Sie prusteten unruhig. Schaum stand vor ihren Nüstern und ihre Flanken zitterten. Ein Stück Würfelzucker nahm jedes trotzdem gern entgegen.

Von Jouquiers wollte den Zylinder abnehmen, um sich den Schweiß von der Stirn zu wischen, aber er barhäuptig. Der Hut war ihm unbemerkt vom Kopfe geflogen. Erst jetzt bemerkte er die staunende Menschenmenge, die sich nach und nach angesammelt hatte und tuschelnd einen Halbkreis um die schräg stehende Kutsche bildete.

»Hat jemand von den Herrschaften eine Zigarre für mich?«, fragte der Baron in die Runde. »Ich muss jetzt dringend eine rauchen.«

Ein junger Stutzer mit Melone und gezwirbeltem Schnurrbart hielt ihm ein elegantes Lederetui hin. »Hier, mein Herr, eine Imperiales, gut abgelagert und von bester Qualität.«

Von Jouquiers griff zu und stieß bald darauf dicke Rauwolken aus.

Ein Schutzmann im blauen Mantel kam von der anderen Straßenseite herübergeschlendert. Er hielt die linke Hand am Griff seines Säbels, damit er nicht über den Boden schleifte. Die Pickelhaube schien ursprünglich für einen kleineren Kopf bestimmt gewesen zu sein. Sie hing gefährlich auf halb acht.

»Welchet Subjekt is der Kutscha?«, wollte der Schutzmann wissen.

»Das bin ich«, antwortete ihm der Baron.

»Det, mein jutes Männeken, wird aba teua für ihn werden.«

5. Frau Venus und die Minnesänger

Weh, die düstren Klagelieder
Dringen tief zu meinem Herzen,
Wecken mir die alten Schmerzen
Und die alten Klagen wieder.
Theodor Fontane, »Todesahnung«

BERLIN, 9. SEPTEMBER 1893

Der Baron und seine Gattin nahmen an diesem Sonnabend bereits um acht Uhr morgens das Frühstück ein. Von Jouquiers wäre gern noch etwas länger im Bett liegen geblieben, um dort nebst der ersten Tasse Kaffee des Tages in aller Ruhe die Morgenzeitung zu studieren, aber er hatte sich für die nächsten Stunden ein anstrengendes Programm vorgenommen. Bis zum späten Abend ging es Schlag auf Schlag. Das Tagwerk würde erst weit nach Mitternacht beendet sein. Gesundheitlich war der Fabrikant völlig wiederhergestellt. Tagsüber galt es deshalb allerlei wichtige geschäftliche Dinge zu erledigen, die inzwischen keinen längeren Aufschub duldeten. Abends sollte es dann in das Königliche Opernhaus gehen. Es lag am Boulevard Unter den Linden und damit in Sichtweite des Möbelkaufhauses – jedenfalls für einen schneidigen Beobachter, der sich der Mühe unterzog, flottflott die vielen Treppen bis hinauf zum Erker oben auf dem Dach zu steigen.

Gegeben wurde die Wagner-Oper *Tannhäuser*. Von Jouquiers ging lieber ins Theater. Mit Singspielen dieser Art konnte er nicht viel anfangen. Die meisten dieser hochdramatischen Tonstücke gingen für die Helden nicht gut aus. Männlein wie Weiblein nahmen Gift, wurden erstochen oder auf andere grausame Weise gemetzelt. Aber anstatt schnell und gefasst in den Tod zu gehen, pflegten sie mit dem Dolch in der Brust noch komplette Arien zu schmettern, theatralisch mit den Armen zu wedeln und erst dann, wenn sie die letzten Sympathien eines gutwilligen Publikums restlos verspielt hatten, sterbend darnieder zu sinken.

Tannhäuser war ein besonderer Härtefall. Die Oper sollte mit dem dritten Läuten um sieben Uhr am Abend beginnen. Sie bestand aus drei schier endlosen Akten von jeweils über einer Stunde Länge. Dazu kamen eine kurze Pause nach dem ersten und eine lange Pause nach dem zweiten Aufzug. Diese Unterbrechungen waren unverzichtbar. Sie dienten vor allem dazu, dass die Damen der Schöpfung endlich in aller Ruhe der staunenden Öffentlichkeit ihre Garderobe präsentieren und die Herren ihren inzwischen bedrohlich gesunkenen Alkoholspiegel wieder auffüllen konnten.

Diese Verzögerungen einkalkuliert, würde vor halb zwölf kaum der letzte Vorhang fallen können. Bis dann auf den überfüllten Gängen und Treppen der Ausgang erreicht war, würde auch noch einige Zeit vergehen.

Auch Philippine wäre lieber ins Theater, oder wenigstens in eine Operette oder ein einfaches Singspiel gegangen, doch die Eheleute konnten sich dieser Verpflichtung nicht entziehen. Sebastian von Balau hatte wie aus heiterem Himmel eine komplette Loge gemietet. Offensichtlich schien der Stiefbruder des Barons die Firmenpleite doch ganz gut überstanden zu haben.

Die übrige Verwandtschaft war abgereist, auch wenn es bald schon ein Wiedersehen geben sollte. Ebenso hatten die Pflegerinnen das Haus verlassen. Der Wintergarten war inzwischen als

Spitalzimmer geräumt und wieder seiner ursprünglichen Zweckbestimmung zugeführt worden. Der große Tisch am Fenster brach unter seiner Last bald zusammen. Die Baronin bevorzugte zwar nur leichte Kost wie diverse Obstsorten, vegetabile Milch, Schmand, Rahm und grobgemahlene Mehlfrüchte. Zum Süßen nahm sie keinen Zucker, sondern Konfitüren, von denen Dutzende verschiedene Sorten neben diversen Saftflaschen, Brot- und Brötchenkörben standen.

Der Herr des Hauses legte Wert auf leicht angebratenen Speck, geröstetes Brot, Spiegeleier und schwarzen Kaffee. Er bevorzugte dabei die sehr großen und schön gelblichbraun gerösteten Sumatrabohnen, die als die beste Kaffeesorte der Welt galten.

Seine Gattin hingegen trank sogenannten Schweden- oder Stragelkaffee. Das war ein Aufguss von Samen der Kaffeewicke *Astragalus baeticus*, welcher – jedenfalls nach der Meinung des Barons – noch fürchterlicher als Zichorienkaffee schmeckte. Da aber keiner der beiden Eheleute versuchte, dem Partner seinen Geschmack aufzudrängen, kamen die zwei bestens miteinander aus.

Es regnete. Über dem See und den Wiesen stieg ein leichter Dunst auf. Ein Schwan kam über die Bäume gesegelt und landete mit schwerem Flügelschlag im Wasser. Wellen schwappten ans Ufer.

»Liebling«, sagte von Jouquiers zu seiner Gattin, »ich nehme jetzt eine Droschke in die Stadt und bleibe dort bis zum Abend. Ich lasse dich gegen sechs Uhr von hier aus abholen. Wir treffen uns direkt in der Oper. Vor dem Eingang stehen genügend livrierte Domestiken bereit, die dich zum Platz führen können. Für uns wurde die Loge zwölf im ersten Rang links reserviert.«

»Du verfügst doch über einen stilsicheren Geschmack, mein Schatz. Welches festliche Gewand soll ich heute anziehen?«

Dem Baron ging es wie den meisten Männern. Er hatte längst die Übersicht über den Inhalt der Kleiderschränke seiner Gattin verloren. Er gab deshalb einen Schuss ins Blaue ab und sagte leichthin: »Das weiße mit den aufgestickten Perlen steht dir ausgezeichnet.«

Offensichtlich hatte Philippine von Jouquiers bereits insgeheim dieselbe Wahl getroffen und nur auf eine Bestätigung gewartet. Jedenfalls gab es keinen Widerspruch, und ihr Ehegemahl wurde mit einem Kuss verabschiedet.

Vor der Einfahrt stand schon die bestellte Droschke bereit. Es handelte sich um einen Zweispänner mit offenem Verdeck. Rechts und links unter den Kutschlaternen waren auf ovalen Messingschildern die Nummer »23« und der Name »Emil Hirschberg« eingraviert. Der Kutscher trug einen dunklen Mantel mit zwei Reihen blitzender Metallknöpfe und einen halbhohen Hut mit breiter gebogener Krempe.

Von Jouquiers kannte den Mann bereits von mehreren anderen Fahrten her.

»Das wird heute ein langer Tag für dich werden, mein lieber Emil«, sagte er. »Zuerst geht es in die Lothringer Straße zur Konkurrenz, dann zum Stellmacher und Wagenbauer Albrecht Gumpert in der Belforter Straße und anschließend in mein Geschäft. Danach hast du frei. Pünktlich heute Abend um sechs Uhr holst du meine Gemahlin hier im Grunewald ab und kutschierst sie zum Königlichen Operhaus. Dort wartest du bis zum Ende der Vorstellung auf uns und bringst uns zurück nach Haus.«

»Det soll mir nur recht sein, Euer Hochwohlgeboren. Euer Bursche, der Joseph Theben, hatte sowat schon anjedeutet. Meine Olle hat mir desterwejen extradicke Bemmen mitjejebn. Se tut sich imma freun, wenn der Taler rollt.«

*

Baron Oscar Xaver von Jouquiers hatte sich nach langem Hin und Her doch noch dazu entschlossen, dem Möbelgeschäft »Schröter & Gräbner« einen Besuch abzustatten. Es machte ihm keinen Spaß, aber er wollte sich später nicht den Vorwurf machen müssen, ein wichtiges Detail außer Acht gelassen zu haben. Als die Droschke in die Lothringer Straße einbog, war von einem Menschenauflauf nichts mehr zu sehen. Die Kutsche hielt direkt vor dem Eingang. Ein erster Blick des Barons in die Verkaufsräume offenbarte ihm den Grund für das Ausbleiben der Kundschaft: Das Möbelsortiment war inzwischen stark ausgedünnt.

Einige Kunden wenige irrten noch unschlüssig zwischen den Restbeständen umher. Ihre Blicke verrieten, dass sie sich auf dem schmalen Grat zwischen Vernunft und Habgier befanden. Kein Einziger von ihnen benötigte wohl tatsächlich eine geschwungene Blumensäule aus schwarzem Tropenholz oder einen zierlichen Damensekretär mit reichhaltigen Intarsien und drei Geheimfächern. Aber die Gelegenheit war günstig, und sie würde so bald nicht wiederkommen.

Ein vierschrötiger Mann von Mitte vierzig, der in einem blauen Arbeitskittel steckte, trat an den Baron heran.

»Eure Exzellenz, es ist mir eine große Ehre, dass Sie höchstpersönlich mein bescheidenes Etablissement aufsuchen. Entschuldigen Sie bitte vielmals, dass ich es verabsäumt habe, mich vorab bei Ihnen zu melden. Lassen Sie mich Ihnen deshalb gleich zu Anfang versichern, dass ich nicht die Absicht hatte, Sie in irgendeiner Weise zu schädigen.«

Der Baron trat schweigend einen Schritt zurück.

»Die Sache ist mir unendlich peinlich. Ich bin zunächst von einem ganz normalen Handelsgeschäft ausgegangen«, fuhr der Mann ergebenst fort. »Lediglich die Dimension hat mich verwundert, weil sie den üblichen Rahmen sprengte. Als mir später die gesamte Tragweite bewusst wurde, war es leider längst zu spät gewesen, die Zügel herumzureißen.«

Vom Jouquiers musterte den Mann mit kaltem Blick. »Ich

nehme an, dass ich mit dem temporären Handelsmann Hermann Schröter spreche. Wir werden in diesem Leben sicherlich keine Freunde mehr werden. Gleichwohl besitze ich nicht die Absicht, Sie zu belangen. Jedenfalls so lange nicht, wie ich keine Anhaltspunkte dafür habe, dass Sie tiefer in das Komplott verstrickt sind, als Sie es zugeben. Es liegt also in Ihrem ureigensten Interesse, mit mir und mit den Behörden so umfassend wie möglich zu kooperieren. Deshalb zunächst die Frage: Wann und wo haben Sie den Freiherrn Maximilian von Grolman kennengelernt?«

»Gar nicht, Euer Exzellenz. Eine Person dieses Namens ist mir völlig unbekannt, wie ich bereits jüngst einem Kriminalbeamten berichten konnte. Ich habe den Vertrag mit einem gewissen Heinrich Kornfeld abgeschlossen. Er ist vor einiger Zeit unangemeldet in meinem Möbel-Spezialgeschäft aufgetaucht und hat mir den Handel angeboten. Bis dahin kannte ich ihn nicht.«

»Wenn ich fragen darf: Worin besteht die Spezialität Ihres Möbelgeschäfts, derer Sie sich auf dem Reklameschild berühmen?«

»Ich kaufe billige Sonderposten auf und verhökere sie zu äußerst günstigen Preisen weiter. Deshalb war der Herr Kornfeld bei mir an der völlig richtigen Adresse gelandet.«

»Haben Sie keine Erkundigungen über ihn eingezogen?«

»Das ist kein allgemeiner Geschäftsbrauch, wenn Ware gegen Geld geliefert wird. Herr Kornfeld hat weder eine Vorauszahlung erbeten noch hätte ich ihm eine gegeben.«

»Wie hat er ausgesehen?«, wollte der Baron wissen.

»Er war glattrasiert, völlig normal gekleidet, also weder zu protzig noch zu abgerissen. Er wirkte weder zu dick noch zu dünn. Er ist vielleicht vierzig Jahre alt und hat braunes, kurzgeschnittenes Haar. Auf mich wirkte er wie ein Mensch, der sich auskennt im Leben und von einem Handel dieser Art gut und gerne leben kann.«

»Für Sie war das also anfangs ein völlig normales und alltägliches Geschäft?«

»Ganz genau.«

»Weshalb hat Sie dieser Herr Kornfeld nicht in dem Glauben gelassen, dass alles in bester Ordnung sei, sondern Sie wenig später über zu erwartende unangenehme Konsequenzen informiert?«

»Wissen Sie, Eure Exzellenz, darüber zermartere ich mir bereits die ganze Zeit den Kopf. Sein Handeln ergibt für mich keinen Sinn. Die Warnung bringt ihm nicht den geringsten Vorteil ein. Und wie ein Menschenfreund, den plötzlich das schlechte Gewissen plagt, hat er beim besten Willen nicht gewirkt.«

»Sind Sie zur Wache gegangen?«

»Nein, aber die Polizei war bei mir, wie ich bereits sagte. Der Witz besteht doch darin, dass der gesamte Handel bislang völlig legal ist. Herr Kornfeld hat bei Ihnen gekauft und an mich weiterverkauft. Er wird erst dann eine Straftat begangen haben, wenn der Scheck oder der Wechsel geplatzt ist. Sie wissen viel besser als ich, wann das passieren wird. Bislang habe ich mich keiner Hehlerei schuldig gemacht. Das wird auch nicht mehr passieren, denn in zwei, drei Tagen habe ich alles abgestoßen und schließe mein Geschäft in Deutschland.«

Der Baron machte eine verdrießliche Miene, aber es führte zu nichts, den Sack zu prügeln, wenn man den Esel meinte.

»Ich hatte eigentlich vor, meine Möbel von Ihnen zurückzukaufen. Durch eine plötzliche Krankheit wurde ich an diesem Vorhaben gehindert. Und nun, wo nur noch einige traurige Restbestände übrig geblieben sind, wird das nicht mehr nötig sein. Leben Sie wohl – doch kommen Sie mir nie wieder in die Quere, verstanden! Einmal im Leben kann man das Pech haben, an den Falschen zu geraten. Aber beim zweiten Mal steckt immer eine Absicht dahinter, und dann gnade Ihnen Gott!«

»Verstanden, Eure Exzellenz. Ich werde Ihnen nie wieder in meinem Leben zu nahe treten. Das schwöre ich beim Grab meiner Mutter.«

Die Unfallkutsche hatte von Jouquiers zu einem Wagenbauer bringen lassen, den er schon seit Jahren kannte. Die Werkstatt befand sich in der Belforter Straße 12 im zweiten Hinterhof. Albrecht Gumpert war ein ausgezeichneter Fachmann, aber auch von einer extremen Sammelwut besessen. Er konnte nichts wegwerfen, denn das meiste ließ sich seiner Meinung nach irgendwann noch einmal gebrauchen.

Als der Fabrikant durch die hintere Toreinfahrt trat, sah er sich Stapeln von allerlei undefinierbaren und stark verrosteten Metallteilen, Rudimenten von Kutschen, Holzbalken, Brettern sowie von verschiedenfarbigen Blechfässern gegenüber. Mitten durch das Gerümpel führte eine schmale Gasse.

Der Stellmacher stand auf der letzten frei gebliebenen Fläche vor einem Amboss, neben den er eine transportable Feldschmiede gerollt hatte. Albrecht Gumpert war ein dicker großer Mann mit einer speckigen Lederschürze, die bis auf den Boden reichte. Er schlug kraftvoll und ausdauernd auf eine rotglühende Eisenstange ein.

Als der Stellmacher den Baron bemerkte, legte er den Vorschlaghammer beiseite.

»Ihr Landaulet wird in der nächsten Woche fertig werden«, sagte Gumpert und wischte sich seine Hände an der rostverschmierten Hose ab. »Dann ist er wieder wie neu. Die Schäden sind viel geringer ausgefallen, als ich befürchtet hatte. Ich musste zwar die komplette Vorderachse wechseln, aber der Rahmen hat sich nicht im Geringsten verzogen. Auch der gesamte Aufbau und die Deichsel haben keine einzige Schramme abbekommen. Sie hatten Glück. Ihre Pferde sind gut ausgebildet und überhaupt nicht schreckhaft. Jeder normale Droschkengaul wäre in Panik davongerannt, hätte die Kutsche zertrümmert und das Wrack noch kilometerweit hinter sich hergezerrt.«

»Auch der Kutscher hat äußerst besonnen und professionell reagiert«, erwiderte der Baron. »Das können Sie nicht abstreiten.«

»Das sowieso. Ein schlechter Fuhrmann hätte die Karre komplett in den Dreck gefahren und würde jetzt im Leichenschauhaus Zwiesprache mit Gevatter Tod halten«, entgegnete der Stellmacher.

»Was haben Sie herausgefunden? Worin lag die Ursache? Weshalb hat sich dieses verdammte Rad gelöst?«

»Wenn Sie mich vor dem Unfall gefragt hätten, ob so etwas technisch möglich wäre, hätte ich es entschieden verneint. Die Räder an einem Landaulet sind nämlich doppelt gesichert. Sie werden mit Spezialschrauben an den Enden der Achsen befestigt. Weil diese Schrauben gegenläufig sind, könnten sie sich im ungünstigsten Fall erst dann von alleine lockern, wenn Sie mehrere Kilometer rückwärts gefahren wären, was Sie aber nicht getan haben. Doch selbst eine gelockerte Schraube – und mit ihr das Rad – kann nicht abfallen, weil sie zusätzlich mit einem Splint gesichert ist. Dieser Splint wiederum lässt sich nur mit einem Spezialwerkzeug entfernen. Es ist völlig ausgeschlossen, dass er von alleine aus dem Loch rutscht.«

»Es mag zwar völlig ausgeschlossen sein, aber es ist geschehen. Kurioserweise hatte ich kurz vor dem Unfall das betreffende Rad überprüft. Da war der Splint noch da, und die Schraube sah nicht locker aus.«

»Deshalb stehe ich vor einem Rätsel. Ich repariere Kutschen, Droschken und Wagen aller Art, seit ich aus dem letzten Deutsch-Dänischen Krieg zurückgekehrt bin. Wissen Sie, Räder brechen andauernd. Das ist normal. Das Holz wird morsch und die Speichen knacken weg. Die meisten Eisenbahnunfälle sind auf Radreifen- oder auf Achsbrüche zurückzuführen. Auch Ackerwagen und alte unmoderne Kutschen verlieren manchmal Räder, aber keine Luxusmodelle wie Ihr Halbcoupé. Landaulets sind extra so konstruiert worden, dass sie die höchstmögliche Sicherheit bieten. Das Rad haben wir ja gefunden, aber die Schraube und der

Splint sind verschüttgegangen. Deshalb ist es unmöglich herauszufinden, was die eigentliche Ursache gewesen ist.«

»Und nun? Was soll ich machen?«

»Schreiben Sie einen Beschwerdebrief an den Hersteller. Fordern Sie eine Entschädigung. Oder, wenn Sie Angst vor einer Wiederholung haben, legen Sie sich ein anderes Modell zu. Nie wieder selbst Kutsche zu fahren ist jedenfalls keine Lösung, denn die meisten Menschen sterben zu Hause im Bett.«

Eine halbe Stunde später saß der Baron saß im Kontor seines Detailgeschäfts in der Königstraße und studierte die Geschäftsbücher. Die schlimmste Krise schien überstanden zu sein. Die Verkaufszahlen, die eine Woche lang tief in den Keller gerutscht waren, begannen sich bereits zu erholen. Noch ein paar Tage, und der alte Stand würde wieder erreicht sein.

Baron Oscar Xaver von Jouquiers legte die Beine auf den Schreibtisch, hakte beide Daumen in die Westentaschen ein und machte ein zufriedenes Gesicht. Alle Rätsel würden sich nicht lösen lassen, aber inzwischen konnte er wesentlich entspannter in die Zukunft blicken, als ihm dies noch vor wenigen Tagen möglich gewesen war. So glaubte er jedenfalls.

*

Louis von Angern war bereits am frühen Nachmittag zu Hause eingetroffen. Er wollte sich in aller Ruhe auf den abendlichen Opernbesuch vorbereiten. Baron von Jouquiers war so frei gewesen, ihn und seine Gemahlin für den heutigen Abend in das Königliche Opernhaus einzuladen. Der Möbelhändler verfügte dort über eine der besten Logen. Zwei Plätze waren noch frei gewesen.

Der Kriminalpolizei-Inspektor hatte die Einladung dankend angenommen, denn er empfand die Gesellschaft des Möbelhändlers als angenehm. Die Baronin würde sich bestimmt mit seiner Gattin ähnlich gut verstehen wie er sich mit ihrem Gemahl. Aus der Erfahrung heraus wusste er, dass die meisten Ehepaare wie ein wogendes Kornfeld auf der gleichen Wellenlinie schwangen.

Üblicherweise besuchten Therese und er die Krolloper am Königsplatz. Sie besaßen dort seit einigen Jahren ein Anrecht und hatten dazu eine eigene Loge in der zweiten Empore gemietet. Doch das Königliche Operhaus war noch eine Klasse besser. Trotzdem gab es auch einen Wermutstropfen: Wie Louis von Angern aus der Zeitung erfahren hatte, würde die kaiserliche Familie am heutigen Abend nicht anwesend sein. Wilhelm II. befand sich derzeit auf einer Auslandsreise. Das war schade, denn es zählte zu bewegendsten Momenten, wenn der Kaiser seine Loge betrat, das gesamte Publikum sich von den Plätzen erhob und in Hochrufe ausbrach.

Der Kriminalpolizist saß in seinem Sessel und ließ sich in einen angenehmen Halbschlaf sinken. Doch dann störte etwas seine Ruhe. Eine Feder kitzelte an seiner Nase.

»Welchen Frack ziehst du heute Abend an? Den schwarzen oder den blauen?«, fragte Therese von Angern mit einem leicht provozierenden Unterton in ihrer Stimme. Er rührte daher, dass ihr Gatte den blauen lieber mochte, sie hingegen den schwarzen Galarock favorisierte.

Louis von Angern gähnte herzhaft und rieb sich die Augen.

»Da es sich heute um einen halboffiziellen Anlass handelt, nehme ich ausnahmsweise den schwarzen Frack.«

»Dann bin ich auf dem richtigen Dampfer. Ich habe ihn dir nämlich bereits herausgelegt und gebürstet. Für welche Abendgarderobe soll ich mich entscheiden? Was wird die Baronin tragen? Ich möchte sie weder übertrumpfen noch wie ein Aschenputtel neben ihr wirken.«

»Ich kenne die Baronin zwar von Angesicht zu Angesicht,

doch über ihren Geschmack in Modefragen weiß ich nicht Bescheid. Mein Rat lautet deshalb: Im Zweifel entscheide dich für das Richtige. Nimm das weiße Kleid mit den aufgesteckten Perlen. Damit kannst du nichts falsch machen. Es bildet einen ausgezeichneten Kontrast zu meinem Frack. Schwarz und Weiß. Gegensätze ziehen sich an und gehören zusammen wie die Tasten an einem Klavier. Wo sind eigentlich unsere Kinder?«

»Trauthelm führt seine Fußballfreunde auf dem Fechtboden ein, und Florentine nimmt an einem Fahrradrennen für Damen teil. Die Runde führt in Witzleben um den Lietzensee. Die Siegerin bekommt eine Schärpe mit dem Aufdruck ›Schusters Rappen musst aus dem Stall‹ überreicht.«

»Wer hat sich diesen Unsinn ausgedacht?«

»Das ist ein Zitat von deinem Freund Theodor Fontane.«

»Das war das richtige Stichwort zur rechten Zeit. Ich gehe noch einen Augenblick nach oben zu ihm, um ein wenig zu plaudern. In letzter Zeit habe ich ihn arg vernachlässigt.«

»Das ist eine gute Idee. Der alte Mann braucht dich. Um halb sechs Uhr bist du aber bitte wieder unten. Du musst dann das Gesamtkunstwerk ›Gattin im Opernkleid‹ in Augenschein nehmen und eventuelle Verbesserungsvorschläge unterbreiten.«

Nachdem Louis von Angern bei seinem Freund an die Wohnungstür geklopft hatte, musste er eine Weile warten, ehe ihm Emilie Fontane öffnete. Sie reichte ihm nur den rechten Ellenbogen.

»Meine Hände sind nass«, erklärte die Gattin Fontanes. »Ich bin gerade beim Kartoffelnschälen. Heute ist Vorsicht angeraten. Der berühmte Dichter beliebt etwas grummelig zu sein, weil ihn sein Eleve in den letzten Tagen so sträflich vernachlässigt hat.«

Kaum hatte der Kriminalpolizei-Inspektor das Arbeitszimmer Theodor Fontanes betreten, da wurde die Tirade auch schon fortgesetzt: »Wie soll ich gesunden, wenn Sie mich nicht mit neuen

Rätseln versorgen? Mein Gehirn dürstet nach geistiger Nahrung. Wie ich es bereits unlängst erwähnt zu haben glaube, vermag ich es nicht, mich dem Baron von Münchhausen gleich an den eigenen Haaren aus dem Sumpf zu ziehen«, meinte der Dichter scherzhaft. »Doch nun zum Ernst des Lebens. Was ist aus dem Betrüger geworden, der den kranken Möbelhändler hereingelegt hat? Sitzt der inzwischen hinter Schloss und Riegel?«

Louis von Angern nahm sich ungefragt einen Stuhl und setzte sich.

»Noch nicht, aber sicherlich bald. Dank Ihrer Anregung konnte ich einiges herausfinden. Der Beutelschneider hat sich langsam von Süden nach Norden hochgearbeitet. Wir wissen inzwischen von vier gleichgearteten Betrugsfällen in vier Städten. Es können durchaus noch mehr gewesen sein. Es ging immer um Möbel auf Kredit. Da zwischen der jeweiligen Tat und ihrer Entdeckung jedes Mal viel Zeit vergangen war, konnte der Bauernfänger regelmäßig seine Spuren verwischen. Berlin war seine fünfte Station. Aller Wahrscheinlichkeit nach wird dieser gerissene Defraudant beim nächsten Mal in Stettin, Danzig oder Königsberg aktiv werden, wenn er die einmal eingeschlagene Richtung beibehält. Ich habe die entsprechenden Warnungen herausgeben lassen. Wir werden seiner sicherlich bald habhaft werden.«

»Es ist wirklich schade, dass die meisten erfolgreichen Betrüger einerseits genial, aber andererseits auch große Dummköpfe sind. Wenn sie mit einer Masche erst einmal Erfolg gehabt haben, ziehen sie selbige erbarmungslos durch. Und das kann auf Dauer nicht gutgehen.«

»Da muss ich Ihnen leider widersprechen. Wir wissen nur von den Trotteln. Die wahren Schlauköpfe und Geistesriesen lernen wir gar nicht erst kennen.«

»Da mag etwas Wahres dran sein«, gab Fontane zu.

Im nächsten Moment ging die Tür auf. Emilie Fontane trug

ein hölzernes Tablett, auf dem eine Schüssel dampfte. Mete folgte mit einem bauchigen Krug.

»So, jetzt ist Pause beim Disputieren«, der Ton von Emilie ließ keine Widerrede zu. »Der Herr von Angern ist solch ein großer Kerl und sieht ganz verhungert aus. Jetzt gibt es erst einmal als kleine Stärkung Quetschkartoffeln mit Quark und frischen, unvergorenen Most.«

Der Kriminalpolizist ließ sich nicht zweimal bitten und langte herzhaft zu. Auch Theodor Fontane nahm ein wenig von der Zwischenmahlzeit zu sich. Dann schob er seinen Teller beiseite.

»Womit beschäftigen Sie sich derzeit, mein lieber Freund, wenn die Verbrecherjagd pausieren muss, weil sämtliche Schufte weggesperrt wurden und nur noch die braven Bürger auf den Straßen unterwegs sind?«, fragte er seinen Besucher.

»An Schurken herrscht kein Mangel. Aber es gibt keine Fälle, die Sie interessieren könnten. Ansonsten muss ich mich mit vielen unerfreulichen Verwaltungsangelegenheiten herumärgern. Außerdem bin ich mit dem Aufbau eines Erkennungssystems beschäftigt, welches sich Bertillonage nennt.«

»Was soll das denn sein? Davon habe ich noch nie etwas gehört.«

»In Deutschland gibt es noch keine Ausweisbücher, die von jedermann als Legitimationspapiere bei sich getragen werden müssen, wie sie in Frankreich und in der Schweiz eingeführt wurden. Verbrecher pflegen gern und häufig ihren Namen zu ändern, um ihre Identifizierung zu erschweren. Der Betrüger in der Möbelbranche ist das beste Beispiel dafür. Es existieren zahlreiche Karteien, die unter dem Begriff ›Verbrecheralbum‹ bekannt geworden sind. In ihnen werden die Straftaten nach Deliktgruppen geordnet und nach Möglichkeit mit den Fotografien der Delinquenten versehen. Diesem System wirken die Strauchdiebe jedoch entgegen, indem sie außer dem Namen auch ihre Bart- und Haartracht willkürlich verändern. Spezialisten besuchen deshalb regelmäßig die Gefängnisse, um sich mit dem Aussehen der Häftlinge vertraut zu machen. Trotzdem ist es nahezu unmöglich, festzustellen, ob es sich bei einem Angeklagten vor Gericht um einen Rückfalltäter handelt oder nicht, sofern der Bursche nicht bereits allgemein bekannt ist. Das Wissen um Vorverurteilungen hätte jedoch auf das Strafmaß einen entscheidenden Einfluss. Beispielsweise bekommen in Amerika Verbrecher, die zum dritten Mal geschnappt werden, immer lebenslänglich aufgebrummt, und zwar ganz egal, ob sie unter Waffengewalt eine Bank überfallen oder lediglich einem Betrunkenen die Brieftasche gestohlen haben.«

»Das leuchtet mir ein. Es ist und bleibt ein Glück, vielleicht das Höchste, frei atmen zu können.«

»In Frankreich ist Alphonse Bertillon, der Direktor des polizeilichen Identifizierungsdienstes, vor einigen Jahren auf die Idee gekommen, Gefangene zu messen.«

»Wozu soll das gut sein?«, wollte Fontane wissen.

»Bertillon fand heraus, dass kein Häftling in allen Details dem anderen gleicht. Am leichtesten lassen sich Personen nach ihrer Körpergröße unterscheiden.«

»Das ist nun wahrlich keine umwerfende Erkenntnis. Einen Zwerg und einen Riesen vermag jeder auseinanderzuhalten.«

»Warten Sie es ab. Bertillon hat als zweites Maß die Armspanne hinzugenommen. Dadurch war die Wahrscheinlichkeit, einen weiteren Menschen mit gleicher Größe und Armspannweite zu finden, auf 16 : 1 gesunken. Je mehr Messungen er anstellte, umso größer wurde das Verhältnis. Bei elf Messungen betrug es schon 4 194 304 : 1.«

»Das ist tatsächlich verblüffend«, gab der Dichter zu. »Wie will der französische Polizist aber auf so viele Zahlen kommen? Ein Mensch verfügt doch über wesentlich weniger Körperteile?«

»Doch, es gibt genügend. Um die Maße zu erhalten, legte

Bertillon die folgende Reihenfolge fest: Erstens Körperlänge, zweitens Armspannweite, drittens Sitzhöhe, viertens Kopflänge, fünftens Kopfbreite, sechstens Jochbeinbreite, siebtens Länge des rechten Ohrs, achtens Länge des linken Mittelfingers, neuntens Länge des linken kleinen Fingers, zehntens Länge des linken Fußes, elftens Länge des linken Unterarms.«

»Weshalb links und nicht rechts, oder gar gemischt?«

»Bertillon bevorzugte die linke Körperhälfte als die konstantere. Dem System liegt die absolute Unveränderlichkeit des menschlichen Knochengerüstes vom zwanzigsten Lebensjahr an zugrunde.«

»Aber was ist mit solch alten Knastern, wie ich einer bin? Ich bekomme O-Beine und schrumpfe jedes Jahr um mindestens einen Zentimeter.«

Louis von Angern nickte zustimmend. »Das ist wohl wahr. Andererseits spielen alte Menschen in der Welt des Verbrechens eine eher unbedeutende Rolle. Auf jeden Fall bereitet die Ordnung der Karteikarten keine Schwierigkeiten, weil sie weder nach Namen noch nach Deliktgruppen, sondern nach den Körpermaßen sortiert sind. Zuerst wird die Größe herausgesucht, als Nächstes die Armspannweite, dann die Sitzhöhe und so weiter. Ergänzt mit anderen Angaben wie Augenfarbe, Kopfform, Schulterbreite und Nasenform lässt sich mit ziemlicher Sicherheit jede Person identifizieren, sofern sie bereits früher einmal erfasst wurde. Keine noch so gute Verkleidung, kein noch so langer Zeitraum zwischen der einen oder der anderen Tat hilft dem Verbrecher, unerkannt zu bleiben«, Louis von Angern hielt kurz inne. »Vor einigen Wochen, während meiner Frankreichreise, von der ich Ihnen eine gute Flasche Rotwein mitgebracht hatte, bin ich in Paris bei der Sûreté gewesen und habe mich in das System einweisen lassen. Nun bin ich dabei, es im Polizeipräsidium einzuführen.«

»Da gilt es sicherlich, einige Widerstände zu überwinden.«

»So ist es. Zumal die Bertillonage zwei entscheidende Schwachstellen aufweist. Erstens müssen die Messungen äußerst exakt ausgeführt werden, weil sonst sofort die Ergebnisse verfälscht sind. Zweites bringt das System für die Fahndung überhaupt keinen Nutzen, weil sich kein Mensch so viele verschiedene Merkmale einprägen kann.«

Fontane runzelte die Stirn. »Das ist natürlich höchst bedauerlich. Was wollen Sie dagegen unternehmen?«

»Ich muss reihenweise Kriminalwachtmeister mit den Feinheiten der Bertillonage vertraut machen. Das ist anstrengender als einen Sack Flöhe zu hüten, weil sich einige schlimme Intelligenzbestien unter diesen Leuten befinden. Für die Fahndung haben sich Fotografien bewährt, die möglichst unter den gleichen Bedingungen gemacht werden sollten, und zwar eine Porträtaufnahme von vorn und eine von der Seite.«

»Nun, wenn das so ist, dann ist Ihre Entschuldigung für die lange Abwesenheit angenommen«, meinte Theodor Fontane besänftigt.

»Aber mein Beruf hat auch einige angenehme Seiten«, entgegnete Louis von Angern. »Beispielsweise werde ich heute Abend die Königliche Oper besuchen, und zwar gewissermaßen im dienstlichen Auftrag. Der bewusste Möbelhändler hat meine Gattin und mich eingeladen, an diesem Kunstgenuss teilzunehmen.«

»Was wird denn gegeben?«, wollte der Schriftsteller wissen.

»Eine Oper von Richard Wagner. Sie heißt *Tannhäuser*. Dieses Werk habe ich bislang noch nicht gesehen. Ich kenne den *Fliegenden Holländer*, *Lohengrin* sowie *Tristan und Isolde*, wobei mir *Der fliegende Holländer* mit Abstand am besten gefallen hat. Von *Tannhäuser* weiß ich lediglich, dass das Libretto auf eine Sage zurückgehen soll.«

»Die Vorgeschichte dieser Oper, die Sie sich heute Abend zu Gemüte führen dürfen, ist recht interessant. Diesen Tannhäuser hat es nämlich tatsächlich gegeben. Es handelt sich bei um einen Minnesänger, der im 13. Jahrhundert eine abenteuerliche Wanderexistenz führte und sich an verschiedenen Fürstenhöfen aufhielt. Das Leben eines Künstlers war im Mittelalter kein Spaß, denn er gehörte zum fahrenden Volk. Er stand im Rang noch unter einem Hofnarren und musste deshalb an den Katzentischen sitzen. Einige bis in die heutige Zeit überlieferte Liedfragmente werden diesem echten Tannhäuser zugeschrieben.«

»Das ist aber eine recht schwache Fabel«, wandte der Kriminalpolizist ein, »wie soll die eine komplette Oper tragen?«

»Das ist nur das, was verbürgt ist. Es gibt dann noch die von Ihnen erwähnte Sage. Sie knüpft an das bewegte Leben des Minnesängers an. In ihr ist der Held jedoch kein Barde, sondern ein Ritter. Auf sonderbaren Wegen gelangt dieser Edelmann nach Thüringen an einen königlichen Hof, den eine als Venus bezeichnete verführerische Schönheit in einer tiefen Höhle unten in den Hörselbergen unterhält. Bei dieser Dame handelt es sich offenbar um eine Reinkarnation der lateinischen Göttin Venus. Für diese Annahme spricht, dass die Venus in den Hörselbergen über starke Zauberkräfte verfügt, denen der Ritter Tannhäuser erliegt. Als er nach sieben langen Jahren wieder zur Besinnung kommt, pilgert er nach Rom, um Vergebung für seine Sünden zu erlangen. Aber der Papst gewährt ihm keinen Ablass. Tannhäuser kehrt verzweifelt zur Venus in die Hörselberge zurück.«

»Das wäre dann schon eher eine Geschichte nach meinem Geschmack.«

»Ich muss Sie leider enttäuschen. Richard Wagner war das offenbar immer noch nicht spannend genug. Deshalb hat er in seiner Oper Motive der Tannhäuser-Sage mit Motiven der Sage vom Sängerkrieg auf der Wartburg verknüpft.«

»Ich befürchte, jetzt wird es kompliziert.«

»Das ist wohl wahr. Der Sängerkrieg soll ein poetischer Wettstreit gewesen sein, der um 1206 am Hofe des Landgrafen Hermann von Thüringen in Eisenach auf der Wartburg stattfand. Das war also über dreihundert Jahre vor jenem bedeutsamen Tag gewesen, an dem Martin Luther dort oben sein Tintenfass dem Teufel entgegenschleuderte. Während des Sängerkrieges haben der Fama nach sieben Minnesänger, darunter Walther von der Vogelweide und Wolfram von Eschenbach, beim ›Fürstenlob‹ dem noblen Gastgeber gehuldigt. Nur der ›unbelehrbare‹ Heinrich von Ofterdingen fiel aus der Reihe. Es handelte sich um keinen einfachen Wettstreit, sondern es ging um Leben oder Tod. Daher kommt der Name ›Sängerkrieg‹. Naturgemäß konnte nur einer gewinnen. Doch der schlechteste Sänger sollte dem Henker überantwortet werden. Im Gegensatz zu seinen Mitstreitern wusste Walther von der Vogelweide ganz genau, wo Barthel den Most holt. Als entscheidender Kontrahent von Heinrich von Ofterdingen gewann er den Ausscheid. Letzterer war ein schlechter Verlierer. Er verspürte nicht das geringste Interesse daran, am Galgen zu enden. Als Schlichter des Streits wurde nun der Sänger und Zauberer Klingsor bestimmt. Als dieser versagte, beschwor Heinrich von Ofterdingen den Teufel. Der Sängerkrieg auf der Wartburg versank im absoluten Chaos.« Theodor Fontane räusperte sich. »Vom Minnesänger Wolfram von Eschenbach ist übrigens ein sehr schöner Vers überliefert. Er lautet: ›Küsse keck das holde Weib / Und drück es fest an deinen Leib / Denn das gibt Glück und hohen Mut, / Sofern sie züchtig ist und gut.‹«

»Wenn das alles in der Oper vorkommt, dann wird sie bis zum frühen Morgen dauern«, seufzte Louis von Angern.

»Glücklicherweise hat Wagner zahlreiche Streichungen und fulminante Änderungen vorgenommen. Aber ohne diese kurze Einführung würden Sie immer nur Bahnhof verstehen. Lassen Sie sich überraschen. Es wird Ihnen gefallen.«

6. Der Tod hält Ernte

Und wie das letzte Wort verhallt,
Der Donner dumpf herüberschallt,
Und Blitze jagen, wild und bleich,
Am Himmel – bösen Geistern gleich.
Theodor Fontane, »Das Gespensterschiff«

BERLIN, 9. SEPTEMBER 1893

Obwohl ihr Wohnhaus in der Potsdamer Straße eigentlich nur einen Katzensprung von der Königlichen Oper am Boulevard Unter den Linden entfernt lag, musste Louis von Angern trotzdem eine Droschke bestellen. Seiner Gattin standen das schneefarbene Kleid mit dem Perlenbesatz, welcher aus bereiften Hagelkörnern zu bestehen schien, sowie der dazugehörige, gleichsam aus Schwanenfedern gefertigte Schal äußerst gut zu Gesicht. Die silberweißen Schuhe schienen wie für dieses Ensemble gemacht zu sein. Indessen war das künstlerisch wertvolle Schuhwerk selbst für einen kurzen Spaziergang über die holprigen Berliner Fußsteige gänzlich ungeeignet. Deshalb machte das Ehepaar aus der Not eine Tugend, bestieg frohgemut die Kutsche und erfreute sich an der Fahrt von wenigen Minuten, die von der Potsdamer über die Königgrätzer Straße, vorbei am Brandenburger Tor und am Reiterstandbild Friedrichs des Großen bis hin zum Opernplatz führte.

Auf dem breiten Bürgersteig entlang der Grünanlagen vor der Oper waren zahlreiche buntbeflaggte Büdchen aufgebaut worden, an denen eisgekühlte Schaumlimonaden, grell gefärbte Zuckerstangen und knackige Frankfurter Brühwürste feilgeboten wurden. Festlich gekleidetes Publikum flanierte auf und ab.

Der Kriminalpolizei-Inspektor bekam Appetit und hätte gern ein Würstchen verzehrt, allein seine Gemahlin hielt ihn davon ab: »Mein lieber Mann, du besitzt ein kolossales Talent, dich mit herumspritzendem Fett und Mostrich zu bekleckern. Doch damit wären nicht nur dein guter Rock und dein Frackhemd, sondern unser gesamter Abend verdorben. Also zügele bitte deinen Heißhunger bis zur großen Pause. Dann darfst du dich an einem mit leckerem Lachsschinken und Pfeffergürkchen belegten Sandwich delektieren, sofern du mir versprichst, beim Verspeisen des Brotes gut auf die herabtropfende Butter achtzugeben.«

Louis von Angern war Realist und sich seiner eigenen Unzulänglichkeiten durchaus bewusst. Er zeigte also Einsicht und begnügte sich mit einer hellgelb eingefärbten Zitronenlimonade, die ihm zum Preis von fünf Pfennig von einem freundlichen Schankmädel aus einem unter hohem Druck stehenden Gaskrug ins geeiste Glas gefüllt wurde.

Therese von Angern verzichtete. Sie behauptete mit säuerlicher Miene, keinerlei Durst zu verspüren. Louis von Angern kannte seine Ehefrau lange genug, um zu wissen, dass dies nicht stimmte. Der wahre Grund für ihre Abstinenz war ein ganz anderer. Weil sie ihn dazu gebracht hatte, sich die Brühwurst zu verkneifen, entsagte sie nun märtyrerhaft der Erfrischung analog der bekannten Berliner Schnurre: »Et jeschieht meine Mutta janz recht, wenn ick an die Hände friere. Weshalb kooftse mir ooch keene Handschuhe.«

Louis von Angern unternahm zweimal den vergeblichen Versuch, seiner Gemahlin einen Schluck anzubieten, genoss trotzdem sein Getränk und sah sich in aller Ruhe um. Er wunderte sich gerade, keinen Bekannten entdecken zu können, wo doch Himmel und Menschen unterwegs waren, da klopfte ihm auch schon jemand von hinten auf die Schulter.

Es war Bernhard Freiherr von Richthofen. Der Polizeipräsident steckte in seiner Galauniform. Da er auf den Säbel verzichtet hatte, wollte er wohl ebenfalls den Abend mit einem Konzertbesuch ausklingen lassen.

»Der jute Baron is det Lobes voll von Ihnen«, meinte von Richthofen anerkennend. »Weita so, mein Lieba. Janz im Sinne von seine Majestät dem Kaisa, der bei seina Thronrede so richtich sachte: ›Ick bin jesonnen, Frieden zu halten mit jedermann, soweit et mir liecht.‹ Un Sie, icke un der Baron wolln mit dem Schurken uff ja keenen Fall nich Frieden halten.«

Gegen dreiviertel sieben wurde in der Königlichen Oper zum ersten Mal geläutet. Die Massen strömten augenblicklich zum Eingang. Auch das Ehepaar von Angern stieg die lange Treppe zum Säulenvorbau hinauf. Ein Page zeigte ihnen den Weg zum ersten Rang links.

Das Drama begann, als sich die Eheleute der Loge Nummer zwölf näherten. Der Baron von Jouquiers stand davor und schaute abwechselnd nach allen Seiten. Er begann zu strahlen, als er sie herankommen sah, breitete beide Arme zum Willkommensgruß aus – und erstarrte urplötzlich zur Salzsäule. Seine Gesichtszüge spiegelten eine Mischung aus maßloser Verblüffung und noch größerer Angst vor drohendem Unheil wider. Dann ließ er resignierend die Arme sinken, reichte seinen Gäste zum Willkommen nur halbherzig die Hände und flüsterte reichlich betreten »Oi, oi, oi«.

Louis von Angern konnte sich keinen Reim auf diese seltsame Reaktion machen. Auch seine Gattin wirkte reichlich irritiert. Im nächsten Moment öffnete sich die Logentür. Die Baronin Philippine von Jouquiers trat lächelnd heraus. Sie trug ein schneefarbenes Kleid mit einem Perlenbesatz, der aus bereiften Hagelkörnern zu bestehen schien, und dazu die passenden silberweißen Schuhe. Sie wäre damit vermutlich die Schönste im ganzen Saal gewesen, wenn, ja wenn nicht auch Therese von Angern gleichfalls ein schneefarbenes Kleid mit einem Perlenbesatz, der aus bereiften Hagelkörnern zu bestehen schien, nebst den dazu passenden silberweißen Schuhe angehabt hätte. Beide festlichen Abendroben mit den dazugehörigen Schals und Handschuhen glichen sich wie ein Ei dem anderen. Sie schienen wie für ein eineiiges Zwillingspaar gemacht worden zu sein.

Das war auch kein Wunder, denn der berühmte Pariser Modeschöpfer François Brumiere-Canasse, der ausschließlich Unikate kreierte, hatte die Abendroben als Gesamtkunstwerke entworfen und anfertigen lassen. Beim Handel damit in seiner exquisiten Niederlage am Champs-Élysées war ihm allerdings eine winzige Unkorrektheit unterlaufen. Er hatte diese beiden Kleider (und noch einige mehr derselben Sorte) als Einzelstück deklariert und für sehr viel mehr französische Franc verkaufen lassen, als die Dutzendware im *Au Bon Marché*, dem weltgrößten Warenhaus im 7. Arrondissement, kostete. Das Risiko war gering, dass auf dieser großen weiten Erde zwei Besitzerinnen zur selben Zeit am selben Ort aufeinandertreffen würden. Aber unverhofft kommt oft.

Über neunzig Prozent der Herren waren an diesem Opernabend im schwarzen Frack erschienen. Kein Einziger von ihnen fühlte sich deshalb brüskiert und brach in Weinkrämpfe aus. Eine Bäuerin hätte sich beim Tanz auf der Tenne vermutlich gefreut, wenn ihre Nachbarin das gleiche Kleid getragen hätte.

Bei der Damenwelt in der oberen Gesellschaftsschicht sah das völlig anders aus. Für Philippine von Jouquiers brach eine Welt zusammen. Eine schlimmere Kränkung war ihr nicht widerfahren, seitdem sie als vierzehnjährige Jungfer beim Besteigen eines Ruderkahns in den See gefallen war. Sie schlug die Hände vor ihr

Gesicht und begann herzergreifend zu schluchzen. Als ihr Gatte sie trösten wollte, traktierte sie ihn wutentbrannt mit ihrem Fächer. Auch Therese von Angern musste mit den Tränen kämpfen. Die Schmach war zu groß. Wäre sie doch nur zu Hause bei ihrem Strickzeug geblieben.

Nach einer Weile vergrößerte sich die kleine Gruppe. Radomila von Balau kam aus der Loge. Sie hatte seltsame Geräusche vernommen, die sie nicht einordnen konnte. Nun wollte sie nachsehen, was der Rumor zu bedeuten hätte. Einen Moment lang schaute sie ungläubig von dem einen weißen Kleid mit Perlenbesatz zu dem anderen weißen Kleid mit Perlenbesatz. Dann begann die Schwägerin der Baronin laut zu kreischen, und sie warf gickernd und gackernd den Kopf in den Nacken. Ihr gewaltiger Busen bebte. Die Glasglocken des Bronzekronleuchters über ihr begannen gefährlich zu vibrieren.

Allerlei Leute kamen ob des Radaus aus den Nachbarlogen geströmt und traten näher. Eine ältere Dame mit Lorgnon sprach laut die Vermutung aus, bei dem unverständlichen Gebaren der drei Damen könne es sich nur um einen Einfall des Regisseurs handeln, auf unkonventionelle Weise in das Stück einzuführen. Gleich darauf löste sich die Gruppe auf. Therese von Angern eilte zu den Waschräumen linkerhand und Philippine von Jouquiers zu denen auf der rechten Seite. Beide verspürten das dringende Bedürfnis, sich mit viel kaltem Wasser frisch zu machen. Die Zaungäste zerstreuten sich wieder.

Die beiden Ehemänner wirkten wie begossene Pudel. Louis von Angern hatte schließlich die rettenden Idee: »Ich gehe hinunter zum Umkleideraum und borge mir für meine Gattin eine andersfarbige Stola aus. In der Oper bleiben viele Dinge liegen. Bei den Fundstücken wird schon etwas Passendes dabei sein.«

Das Vorhaben wurde vom Baron gutgeheißen. Jeder Plan war besser als gar kein Plan.

Der Kriminalpolizei-Inspektor hatte richtig vermutet. An der Kleiderabgabe wurde tatsächlich ein reichhaltiger Fundus aufbewahrt. Die Garderobiere, ein junges, rothaariges Ding, das in einem glänzenden schwarzen Kostüm mit weißem Umlegekragen steckte, kicherte vergnügt, nachdem er sein Anliegen vorgetragen hatte.

»Der gute Herr glaubt gar nicht, was die feinen Leute alles liegen lassen und vergessen. Hüte, Brillen, Schals, Operngläser, Gamaschen und Regenschirme sind normal. Münzen und Geldscheine auch. Aber manchmal finden wir selbst Strumpfbänder, Gebisse und Perücken. Einmal ist sogar ein Holzbein zurückgeblieben.« Das Mädchen kicherte erneut.

Der Kriminalpolizei-Inspektor hatte die Qual der Wahl. Er entschied sich für einen dezent melierten braun-weißen Fransenschal aus bester Seide. Er überraschte seine Gattin damit, als sie mit verquollenem und stark gerötetem Gesicht aus dem Waschraum trat.

Therese von Angern musterte die Stola verächtlich. » François Brumiere-Canasse hätte niemals ein solch ordinäres Stück mit einem weißen Kleid mit Perlenbesatz kombiniert.«

Ihr Gatte wusste, dass er sich auf ganz dünnem Eis bewegte, und sagte trotzdem: »Wir wurden eingeladen. Deshalb sollten wir großmütig sein, um unsere Gastgeber nicht zu verprellen.«

Die Psyche seiner Gemahlin spaltete sich in mehrere Personen auf, die sich in ihrem Unterbewusstsein heftige Rededuelle lieferten. Schließlich siegte die Vernunft. »Der Schal gefällt mir nicht«, sagte Therese. »Er wirkt vulgär. Außerdem ist alles nur deine Schuld. Du hast mich dazu überredet, das weiße Kleid auszuwählen. Ich habe es nur angezogen, um dir einen Gefallen zu tun. Das blaue mit den Halbedelsteinen wäre mir viel lieber gewesen.« Dann legte sie die Stola um, der ihrer Garderobe eine völlig andere Note gab, und der Abend war gerettet. Vorerst jedenfalls.

In der Loge standen je drei mit rotem Plüsch bezogene Sessel in zwei Reihen hintereinander. Es gab noch einen niedrigen Beistelltisch mit gedrechselten Beinen, auf dem die Operngläser und die Programmzettel bereitlagen. Therese von Angern hängte ihren weißen, schwanenfederngleichen Schal an einem Garderobenhaken neben der Tür auf und zog den beige-weiß melierten Ersatz fester um ihre Schultern. Die Baronin nahm diese Demonstration guten Willens mit einem angedeuteten Kopfnicken zur Kenntnis. Sie tupfte sich eine letzte Träne aus dem Augenwinkel und verstaute ihr stark parfümiertes Spitzentaschentuch in einem weißen, mit glänzenden Perlen bestickten Geldtäschchen.

Sebastian von Balau, der während des peinlichen Zwischenfalls geduldig auf seinem Platz ausgeharrt hatte, begann plötzlich und ungefragt Kommentare zu den Akteuren des Abends abzugeben: »Friedhelm Eckstein gibt heute den Landgrafen von Thüringen. Der Gute ist inzwischen in die Jahre gekommen, und sein Bass hält schon längst nicht mehr, was er einmal versprochen hat. Friedrich Salomon Bloch ist zwar ein guter Tenor, aber seine schauspielerischen Leistungen sind miserabel. Als Tannhäuser kann er nicht überzeugen. Anna Calm zählt zu den besten Sopranistinnen Deutschlands, aber für die Rolle der Elisabeth dürfte sie etliche Jahre zu alt sein. An dem Mezzosopran von Jenny Schoenfeld als Venus gibt es überhaupt nichts auszusetzen, hingegen ist sie keinesfalls das Abbild einer geborenen Verführerin. Die Rolle einer Großmama würde ihr besser zu Gesicht stehen.« Von Balau grinste frech. »Der einzige wahrhaft leuchtende Stern am Firmament ist Eduard Schäfer, der als lyrischer Bariton den Wolfram von Eschenbach gibt. Er besitzt die nötige Stimme, ein gefälliges Äußeres und das erforderliche Charisma für diese Rolle. Ich sehe dem Abend deshalb mit äußerst gemischten Gefühlen entgegen.«

»Mein lieber Stiefbruder«, entgegnete der Baron. »Deine Worte bedürfen der dringenden Erläuterung. Weshalb hast du diese

Loge gemietet und uns eingeladen, wenn uns das ganze Gegenteil von einem vollendeten Kunstgenuss erwartet? Wären wir dann bei einem populären Singspiel in der Krolloper nicht viel besser aufgehoben gewesen?«

Sebastian von Balau stutzte für einen Moment. Diese negative Deutungsmöglichkeit seiner Rede hatte er offensichtlich nicht bedacht gehabt. Gleich darauf fiel ihm indessen eine einleuchtende Begründung ein: »Ein lupenreines Kunstwerk kann und wird es nie geben. Das lässt der menschliche Makel nicht zu. Deshalb muss jeder Zuschauer mit Kunstverstand Abstriche machen, wenn er in die Oper geht. Auf einige dunkle Punkte der heutigen Aufführung habe ich euch mit der Absicht hingewiesen, damit es nicht zu unnötigen Irritationen kommt, wenn beispielsweise die walzenförmige Anna Calm eine holde Jungfrau darstellt. Insgesamt wird es dennoch zu einem Kunstgenuss werden, denn der Dirigent und das Orchester sind von überragender Güte. Und nun ja, ab und an empfiehlt es sich, die Augen fest zu schließen. Der großartige Gesang wirkt auch ohne jegliches optische Beiwerk.«

Bis zum Vorstellungsbeginn waren es noch fünf Minuten. Das Parkett, die Logen und die Ränge hatten sich gut gefüllt. Die Operngläser traten in Aktion.

»Dort drüben in der Loge gegenüber sitzt Professor Theodor Mommsen. Es ist der ältere Herr mit dem schulterlangen weißen Haar und der runden Brille«, rief der Baron aus. »Er wurde als ein linksliberaler Historiker, Jurist und Schriftsteller bekannt.«

»Und ich kann den sozialdemokratischen Parteiführer August Bebel im Parkett in der zweiten Reihe erkennen«, meinte Philippine von Jouquiers. »Neben ihm sitzt der sozialdemokratische Agitator und Reichstagsabgeordnete Wilhelm Liebknecht.«

Hektisch suchten nun auch die übrigen vier mit ihren Operngläsern die Sitzreihen auf der Suche nach einem weiteren prominenten Gesicht ab.

Radomila von Balau wurde als Nächstes fündig. »Im ersten Rang rechts kommt soeben eine schwarzgekleidete ältere Dame in Begleitung von zwei jungen Herren zur Tür herein. Das ist Wilhelmine von Getzschny. Im Deutsch-Französischen Krieg von 1870/71 hat sie für Preußen als Spionin im Generalstab der französischen Rheinarmee gearbeitet. Sie soll angeblich die Geliebte eines Adjutanten des Generalstabschefs gewesen sein und hat die Stellungen aller sieben französischen Korps ausgekundschaftet, wodurch die deutschen Truppen die ersten kriegsentscheidenden Siege erringen konnten. Wilhelmine von Getzschny ist heutzutage für das Reichsjustizamt tätig. Sie hat großen Anteil am Zustandekommen des Reichsgesetzes vom 3. Juli 1893, nach dem ausländische Spione in Deutschland mit schweren Strafen belegt werden.«

»Was ist denn vorher mit den enttarnten Spionen geschehen?«, wollte Baron Oscar Xaver von Jouquiers wissen.

»So gut wie nichts. Sie wurden in der Regel lediglich des Landes verwiesen und kamen auf die Liste der *personae non gratae*«, antwortete ihm der Kriminalpolizei-Inspektor, der sich aufgrund seines Amtes mit den Gesetzen gut auskannte.

»Das ist wahrlich interessant«, meinte der Fabrikant. »Ein gefallenes Mädchen wie die von Getzschny will verhindern, dass andere Maiden in dieselbe Lage wie sie geraten könnten.«

»Unsinn. Es gibt ein höheres Naturrecht auf Seiten der Starken. Frankreich hat uns verhöhnt und einen längst überfällig gewesenen Denkzettel bekommen«, setzte Radomila von Balau mit harter Stimme hinzu. »Denken Sie doch bitte daran, wie dieser Napoleon in unserer Stadt gewütet hat. So etwas darf sich niemals wiederholen.«

Louis von Angern wunderte sich, dass sich eine ehemalige Opernsängerin so gut im Spionagegeschäft auskannte und außerdem einen Rochus auf die Franzosen hatte. Aber vielleicht war sie einmal in der Pariser Oper ausgebuht worden. Die meisten Rätsel hatten eine verblüffend einfache Lösung.

Im nächsten Moment läutete es zum dritten Mal, und der Vorhang hob sich.

*

Die Szenerie war naturalistisch. Der erste Akt spielte im Inneren des Venusberges. Rosa angestrahlte Stalagmiten und Stalaktiten bildeten den äußeren Rahmen einer Tropfsteinhöhle, in der Leopardenfelle auf dem Boden lagen, aus Füllhörnern Obst und Blumen quollen und Venus im luftigen Gewande mit blitzendem Geschmeide im Haar auf einem goldenen Thron saß. Sebastian von Balau hatte recht gehabt: Die heidnische Göttin der Liebe auf der Bühne wirkte so verführerisch wie Bertha von Suttner bei einem Kongress des Internationalen Friedensbureaus. Tannhäuser trug ein grünes Wams und zupfte entrückt auf einer cymbrischen Harfe. Nach sieben Jahren hatte er genug vom Leben in der Lustgrotte und sehnte sich zurück in die freie Natur. Venus warnte ihn eindringlich, doch Tannhäuser rief die Jungfrau Maria an. Die Lichter erloschen, der Thron verschwand, und Tannhäuser stand mitten im Wald. Ein paar Ritter kamen des Wegs, erzählten ihm vom Sängerfest auf der Wartburg, und der Barde beschloss ganz spontan, daran teilzunehmen.

Nach über einer Stunde fiel der Vorhang. Trotz der optischen Unzulänglichkeit der Venus gab es donnernden Applaus. Die Pause dauerte nur eine Viertelstunde. Die Zeit reichte gerade dazu aus, dass sich die Zuschauer auf dem Gang ein wenig die Beine vertreten konnten.

*

Der zweite Akt war in einem stilisierten Rittersaal der Wartburg angesiedelt. Es gab lange Tische mit Bänken davor, Balken an der Decke und Bogenfenster an den Wänden. Tannhäuser lernte Elisabeth, die Tochter des Landgrafen, kennen und verliebte sich auf der Stelle in sie. Dann begann der Sängerwettstreit. Die Kontrahenten sollten in ihren Liedern der höchsten Form der reinen Liebe huldigen. Tannhäuser erklärte in einem Anfall von maßloser Selbstüberschätzung, dass nur er über das wahre Wissen zu diesem Thema verfügen würde, da er über längere Zeit bei der Göttin der Liebe im Venusberg verweilt habe.

Diese Aussage löste bei den Anwesenden große Empörung aus. Tannhäuser wurde als heidnischer Götzenanbeter vom Wettstreit ausgeschlossen. Elisabeth, die Tannhäuser inzwischen in ihr Herz geschlossen hatte, trat als seine Fürsprecherin auf. Dem Minnesänger wurde vom Landgrafen gestattet, nach Rom zu pilgern, um Buße zu tun.

*

In der großen Pause nach dem zweiten Akt herrschte zwar zwischen zwei Vertreterinnen des schönen Geschlechts noch immer kein Friede, aber sie legten wenigstens einen vorübergehenden Waffenstillstand ein. Er bewirkte, dass sich alle drei Damen gemeinsam in den weitläufigen Spiegelsaal zurückzogen. Er war aufwendig mit Palmengruppen, Eisskulpturen und roten Plüschbänken dekoriert. In einem Champagner-Kabinett knallten in einer Tour die Korken. Passend zu diesem Gefechtslärm wurden an mehreren Kantinenwagen, die wohl aus dem Fundus stammten und Marketenderstände darstellen sollten, allerlei kleine Leckereien feilgehalten. Das Angebot reichte von herzhaften Kaviarschnittchen und pikanten Kalbfleischpasteten à la Romaine über mit kandierten Früchten belegte Königsberger Marzipanhäppchen bis hin zu den verschiedensten Zuckerbäckerwaren. Immer zwei der drei Damen plauderten angeregt miteinander, und hin und wieder wurde sogar gelacht. Das Gespräch verlief so ähnlich wie das Kinderspiel »Stille Post«: Therese von Angern redete ausschließlich mit Radomila von Balau. Philippine von Jouquiers sprach sie kein einziges Mal direkt an. Umgekehrt war es genauso. Diese Art der Kommunikation hatte einen großen Vorteil: Keine der drei Frauen fiel der anderen ins Wort. Jede konnte in aller Ruhe ausreden.

Insgesamt gesehen, ergänzten sich die drei Damen vortrefflich: Die Frau des Polizisten war eine Spezialistin für Backrezepte, die Baronin kannte ausgefallene Handarbeitstechniken, und die ehemalige Opersängerin wusste alles über das französische Chanson.

Therese von Angern argwöhnte indessen, dass Radomila von Balau nur deshalb so feinsinnig über altfranzösische Romanzen und Pastourellen plauderte, um insgeheim mit dem Finger in der offenen Wunde bohren zu können, die der französische Modeschöpfer François Brumiere-Canasse verursacht hatte.

Die Herren hatten sich in die entgegensetzte Richtung entfernt. Im Rauchsalon gab es zwar auch Palmenkübel, aber der übrige Firlefanz war durch Gruppen von ledernen Clubsesseln und halbhohe Metallaschenbecher ersetzt worden, die es schnellstmöglich zu füllen galt. Hier knallten keine Korken, aber der Nebel, der aus den zahlreichen Zigarren, Zigaretten und sogar einigen Tabakspfeifen aufstieg, wurde so dicht wie der Pulverrauch in der denkwürdigen Dreikaiserschlacht anno 1805 bei Austerlitz. Die Marketenderstände und eine Champagnerbar fehlten. Jedwede Getränke wurden von befrackten Kellnern, die wieselflink umherflitzten, auf silbernen Tabletts serviert.

Louis von Angern hatte im Dunst weit hinten am Fenster eine freie Sitzgruppe erspäht und sie sogleich in Beschlag genommen. Eigentlich wollte er einige Anekdoten aus dem Polizeialltag zum

Besten geben, gleichwohl hinderte ihn der Stiefbruder des Barons daran, indem er vom ersten Augenblick an das Gespräch an sich gezogen hatte. Sebastian von Balau erwies sich als eine Koryphäe auf dem Gebiet der Opera buffa, der Opera seria und der Opera semiseria. Das war auch kein Wunder, denn schließlich hatte er vor etlichen Jahren eine Opernsängerin geheiratet.

Der Stiefbruder begann den Disput mit der Aussage, dass seiner Meinung nach die Zugkraft der italienischen Oper neapolitanischer Observanz vollständig gebrochen sei.

»Die Italiener und die Franzosen förderten aber die neuen Ausdrucksmittel auf verwandten Gebieten wie dem Lied und der instrumentalen Stimmungsmalerei«, erläuterte er. »Das muss ich diesen Burschen neidlos zugutehalten. Nur so wurde es nämlich möglich, dass sich in der imposanten Künstler-Individualität Richard Wagners die Überlegenheit der deutschen Oper plötzlich dokumentieren konnte.«

Louis von Angern kannte viele Opern und teilte nicht diese Ansicht.

»Vergessen Sie bitte nicht Giuseppe Verdis *Othello*, mein Bester«, unterbrach er den Redefluss.

»Pah, Verdi war so gut wie erledigt gewesen. Sein Schaffen hat erst durch den Einfluss Richard Wagners neuen Aufschwung bekommen. *Aida* und *Othello* wären ohne sein großes Vorbild nicht denkbar gewesen. Wagner ist ein derart leuchtender Stern am Firmament, dass heute die Opernkompositionen aller Länder direkt und unleugbar unter seinem Einflusse stehen.«

Der Kriminalpolizei-Inspektor wollte das nicht unwidersprochen lassen: »Auch der große Richard Wagner hat lange Zeit nur kleine Brötchen gebacken.«

»Papperlapapp. Es stimmt zwar, dass seine Oper *Das Liebesverbot* nur eine einzige Aufführung Mitte der dreißiger Jahre erlebte. Aber dann ging es Schlag auf Schlag. Mit einer echt italienisch-französischen großen Oper, nämlich *Rienzi,* im Jahr 1842 beginnend und damit gleichsam den Fuß auf die Nacken seiner Vorgänger setzend, ist Wagner bereits ein Jahr später mit dem *Fliegenden Holländer* ziemlich unvermittelt auf romantisches Gebiet übergesprungen. Damit machte er sich zum Vertreter der nationalen deutschen Oper.«

»Dafür gibt es keine Belege«, widersprach Louis von Angern.

»Doch, und zwar sowohl wissenschaftlicher als auch künstlerischer Natur. Richard Wagner hat seine Reformideen in der Schrift *Oper und Drama* niedergelegt. Er knüpfte dabei an die Bestrebungen der ursprünglichen Schöpfer der Oper im 16. Jahrhundert an, deren Wurzeln wiederum in der antiken Tragödie liegen. Aber freilich, welch ein sichtbarer Abstand liegt zwischen jenen unbeholfenen ersten Versuchen und der sicheren Handhabung der durch ein halbes Jahrhundert fort und fort geübten und verfeinerten Ausdrucksmittel des deutschen Meisters!«

»Richard Wagner ist seit zehn Jahren mausetot. Er wird uns keine neuen Werke aus dem Jenseits senden. Die Entwicklung wird weitergehen. Mit Richard Wagner ist noch lange nicht das Ende der Fahnenstange erreicht«, mischte sich nun der Baron ein.

»Auch du musst eingestehen, dass die Wagnersche Lösung des Konflikts der Einzelkünste die geistvollste und einer kritischen Analyse am besten standhaltende von allen bisher versuchten Konzepten ist. Damit will ich aber nicht gesagt haben, dass nun das Suchen und Versuchen ein für allemal zu Ende wäre. Im Gegenteil. Die fortdauernde Frische der Wirkung der komischen Opern, wie Mozarts *Figaro*, Rossinis *Barbier von Sevilla*, Boieldieus *Weiße Dame*, Adams *Postillon von Lonjumeau*, Lortzings *Wildschütz* und Bizets *Carmen* beweist, dass auch jene Lösungen, bei denen der Gesang selbst und nicht die Instrumentalbegleitung der Hauptträger der musikalischen Ausgestaltung bleibt, eine ästhetische Berechtigung haben.«

»Ich wusste bislang überhaupt nicht, mein lieber Bruder, dass du solch ein Wagner-Kenner bist. Ich befürchte, ich habe dich unterschätzt«, äußerte von Jouquiers verwundert.

»Diese Erkenntnis kommt leider reichlich spät«, entgegnete sein Stiefbruder.

»Wie meinst du das?«

»Ach nichts, das war nur so dahergesagt. Es gibt Leute, die mir seit dem Konkurs meiner Firma nichts mehr zutrauen. Aber ich werde der Welt schon noch beweisen, was alles in mir steckt.«

»Daran tust du gut«, erwiderte der Baron und wandte sich Louis von Angern zu. »Mein lieber Herr Kriminalpolizei-Inspektor, wie kommen Sie nachher nach Hause? Ich habe eine Droschke bestellt. In ihr sind noch zwei Plätze frei. Mein Stiefbruder und seine Gattin wohnen völlig entgegengesetzt in Wilhelmsberg. Aber die Potsdamer Straße liegt in etwa in unserer Richtung. Wenn Sie nichts dagegen haben, würde wir Sie gerne mitnehmen und bei Ihnen zu Hause absetzen.«

»Von mir aus gern. Aber ich glaube kaum, dass dies im Sinne Ihrer werten Gemahlin ist. Sie hegte vorhin noch einen spürbaren Groll gegen meine Therese wegen des Kleider-Eklats.«

»Nun wollen wir mal aus einer Mücke keinen Elefanten machen. Die Damen sind vorhin gemeinsam in Richtung Spiegelsaal aufgebrochen. Vielleicht haben sie inzwischen nach dem dritten Glas Champagner Brüderschaft getrunken. Und wenn nicht, werden sie wohl eine Kutschfahrt von wenigen Minuten überstehen.«

Bei diesen Worten ertönte das erste Klingeln zum dritten Akt. Die Herren machten sich auf den Rückweg zu ihrer Loge.

*

Das Bühnenbild vom dritten Aufzug stellte eine stilisierte Waldlandschaft dar. In der Ferne war die Wartburg zu sehen. Elisabeth wartete vergeblich auf Tannhäuser. Schließlich wurde sie des Harrens müde und beschloss, ihr Leben für das Seelenheil Tannhäusers zu opfern. Kurz nachdem sie höchst dramatisch verschieden war, erschien Tannhäuser auf der Bildfläche. Er hatte Pech gehabt und in Rom keine Absolution erhalten. Deshalb wollte er zu Venus zurückkehren. Doch Wolfram von Eschenbach hinderte ihn daran und erzählte ihm, dass die schöne Elisabeth für ihn gestorben sei, damit er vor Gott Vergebung finden könne. Tannhäuser sah nun keinen Sinn mehr im Leben, legte sich danieder, um gleichfalls zu sterben. Kurz vor seinem Hinscheiden flehte er die ihm vorausgegangene Geliebte um Fürbitte beim Gott dem Allmächtigen und Vater im Himmel wie auf Erden an. Nachdem Tannhäuser von hinnen gegangen war, trugen Wallfahrer seinen Pilgerstab herbei. Der Stecken hatte auf wundersame Weise ausgetrieben. Damit war der klare Beweis erbracht, dass dem Barden die ewige Gnade Gottes zuteilgeworden war.

*

Es gab mehrere Vorhänge, das Publikum klatschte wie besessen. Auch wenn die Besetzung der einzelnen Rollen nicht ideal gewesen war, hatten das Stück, die Inszenierung, die Sänger und die Musiker insgesamt gefallen. Louis von Angern fühlte sich auf angenehme Weise beschwingt, und die beiden Damen schienen inzwischen die unliebsame Begebenheit mit den gleichen Kleidern als unwichtig abgetan zu haben.

Gemeinsam gingen alle sechs hinunter zur Garderobe, wo der Kriminalpolizei-Inspektor den geborgten Schal zurückgab. Plötzlich rief seine Frau aus: »Ich habe meine wunderbare weiße Stola oben in der Loge vergessen.«

»Warte bitte hier. Ich bin gleich zurück«, meinte ihr Gatte meinte.

Doch Sebastian von Balau hielt ihn zurück und reichte ihm die Hand mit den Worten: »Gestatten Sie bitte, dass ich mich bereits jetzt von Ihnen verabschiede. Meine Gemahlin und ich haben bis nach Wilhelmsberg noch einen langen Weg durch die Nacht vor uns. Ich hoffe, es hat Ihnen gefallen, und würde mich freuen, Sie recht bald wieder einmal treffen zu dürfen.«

Louis von Angern versicherte ehrlichen Herzens, dass ihm die Aufführung ganz ausgezeichnet gefallen und er deshalb den Abend sehr genossen habe. Seine Gattin pflichtete ihm bei. Auf diese Weise wurden noch mehrere Komplimente hin und her ausgetauscht und wiederholt Hände geschüttelt.

Schließlich meinte der Baron von Jouquiers zum Kriminalpolizisten: »Wenn Sie erlauben, gehen wir bereits hinaus auf die Straße. Wir wollen den Droschkenkutscher nicht zu lange warten lassen. Sonst glaubt er womöglich, wir hätten uns eines Besseren besonnen und er fährt ohne uns ab. Das wäre fatal.«

Louis von Angern nahm seine Beine in die Hand und sprintete die Treppen hinauf bis zur Loge. Doch die Stola seiner Frau hing nicht dort, wo sie hätte sein sollen, nämlich an einem Garderobenhaken neben der Tür. Der Kriminalpolizist suchte den gesamten Raum ab. Als er am Ende auch unter den Beistelltisch schaute, wurde er endlich fündig. Dort fand er den Schal fein säuberlich zusammengelegt. Wie war er dort nur hingeraten? Louis von Angern verschwendete keinen weiteren Gedanken daran und lief zurück zu seiner Gemahlin, die inzwischen mutterseelenallein in dem verlassenen Garderobenraum auf ihn wartete.

»Ich war schon in Sorge, du hättest mich vergessen. Ich befürchtete, gleich würden die Lichter erlöschen und ich müsste den Rest der Nacht hier verbringen.«

»Aber Liebling, ich würde dich nie im Stich lassen. Ich konnte deine Stola lange Zeit nicht finden. Aber nun wollen wir uns sputen.«

Unter den Linden herrschte trotz der vorgerückten Stunde noch reger Betrieb. Eine endlose Kette an Droschken rollte in beide Richtungen den Boulevard entlang. Auf dem Trottoir drängten sich unzählige Passanten. Die buntbeflaggten Büdchen hatten unterdessen Feierabend gemacht. Das Regiment war von Bauchladenverkäufern übernommen worden, die geröstete Krachmandeln, braunschwarze Lakritzestangen und Bügelflaschen mit Sommerbieren und Selterswasser feilboten. Ein Schutzmann hatte sich direkt vor dem Denkmal Friedrichs des Großen aufgebaut und beobachtete aufmerksam das bunte Treiben.

Louis von Angern und seine Gattin verließen das Opernhaus und schritten zügig die Treppe zum Vorplatz hinunter. Nicht weit von ihnen, in Höhe einer Laterne, wartete eine Droschke. Ihr Verdeck war geschlossen. Der Kutscher saß auf dem Bock und paffte aus einer gebogenen Tabakspfeife dichte Rauchschwaden in den Himmel. Neben der Droschke stand Baron Oscar Xaver von Jouquiers auf dem Bürgersteig. Als er seine Gäste erblickte, begann er zu gestikulieren. Seine Gattin hatte offensichtlich bereits im Wagen Platz genommen. Therese von Angern winkte zurück.

Das Ehepaar hatte beinah den Fuß der Treppe erreicht und war noch etwa fünfzig Meter von der Droschke entfernt, als ein dunkelgekleideter Mann den vorbeiziehenden Strom der Passanten verließ, sich dem Baron von hinten näherte und ihn mit voller Absicht seitlich hart anrempelte.

Von Jouquiers hatte die Gefahr nicht kommen sehen. Aber er reagierte blitzschnell. Er drehte sich um und versetzte dem Rüpel sofort einen Boxhieb ins Gesicht. Allerdings war der Schlag schlecht platziert gewesen und ohne viel Schwung erfolgt. Der Flegel wurde nicht außer Gefecht gesetzt, sondern taumelte lediglich ein Stück zurück. Sogleich griff er mit der rechten Hand unter sein Wams und zückte einen Dolch. Die Klinge blitzte im Licht der Laterne.

Louis von Angern war viel zu weit entfernt, um eingreifen zu können. Deshalb brüllte er aus lauter Kehle: »Ein Messer, Achtung, er hat ein Messer!«

Aber der Warnruf kam zu spät. Der Unhold hatte seinem Opfer bereits den Dolch tief in den Leib gerammt und war einen Schritt beiseitegetreten.

Der Fabrikant krümmte sich, ging in die Knie, schwankte kurz und fiel dann kopfüber auf das Pflaster. Eine schwarze Blutlache breitete sich aus.

Nun geschahen mehrere Dinge gleichzeitig. Der Schutzmann am Reiterstandbild hatte alles mit angesehen, blies in seine Trillerpfeife und stürzte los. Auch der Kutscher war aufgeschreckt worden. Er schwang seine Peitsche. Der Lederriemen fuhr dem Messerstecher knallend über das Gesicht. Der stolperte und schrie vor Schmerzen. In diesem Moment stieß die Baronin die Kutschentür weit auf. Sie traf den Verbrecher mitten zwischen die Schulterblätter. Er torkelte in Richtung Grünanlage. Die Passanten links und rechts von ihm wichen voller Schrecken zurück. Nun hatte der Schutzmann freies Schussfeld. Er blieb sofort stehen. Obwohl er noch über zwanzig Meter weit entfernt war, zog er seinen Revolver M / 83, spannte den Hahn, zielte kurz in Richtung des Angreifers und drückte ab. Der Hahn schlug mit seiner konischen Spitze gegen das Zündhütchen der Patrone. Ein lauter Knall war die Folge. Die großkalibrige Waffe besaß zwar mannstoppende Wirkung, aber sie war lediglich auf fünf bis zehn Meter zielsicher und daher nur für den Nahkampf geeignet. Doch der Schutzmann landete einen Volltreffer. Die Kugel vom Kaliber 10,6 Millimeter traf den Schurken in seiner linken Gesichtshälfte und riss ihm den halben Schädel weg. Auf dem Bürgersteig lagen nun zwei Leichen dicht beieinander. Die Leute schrien. Einige rannten weg, andere kamen herbeigeeilt.

Der Schutzmann übernahm sofort das Kommando. Er brüllte

noch im Laufen mit befehlsgewohnter Stimme: »Zurücktreten, sofort alle zurücktreten!« Dann blies er erneut in seine Trillerpfeife, um Verstärkung herbeizurufen.

7. Argwohn

Ein paar Personen, die bestimmt waren, vorläufig wohl oder übel den Hausstand zu führen, standen an der mit beiden Flügeln geöffneten Haustür.
Theodor Fontane, *Meine Kinderjahre*

BERLIN, 10. SEPTEMBER 1893

Die Nacht zum Sonntag wurde für die unmittelbar Betroffenen zur reinsten Hölle. Die Baronin hatte einen schweren Nervenzusammenbruch erlitten. Sie wäre völlig außerstande gewesen, die Nacht allein in ihrer Villa zu verbringen. Andere Hilfe stand zu diesem Zeitpunkt nicht zur Verfügung. Therese von Angern besaß ein mitleidiges Herz. Außerdem hatte sie während des Deutsch-Französischen Krieges als Pflegerin in einem Sanatorium gearbeitet. Bei vielen ihrer damaligen Patienten waren die seelischen Wunden größer als die körperlichen Verletzungen gewesen. Sie nahm deshalb Philippine von Jouquiers ohne zu zögern mit zu sich in die eheliche Wohnung. Sie probierte es zunächst vergebens mit leichten Hausmitteln wie Kamillentee und Honig. Selbst einige Tropfen Bromkalium schlugen nicht an. Therese von Angern wusste sich keinen anderen Rat, als das Ehebett frisch zu beziehen und der Baronin ein gehöriges Quantum Laudanum zu verabreichen. Dank der Droge schlummerte die Ärmste endlich ein. Sie wälzte sich unruhig hin und her. Einige Male erwachte sie schluchzend und musste getröstet werden. Ihrer Gastgeberin blieb nichts weiter übrig, als mit der Ottomane im Salon vorliebzunehmen. Glücklicherweise besaßen die Kinder einen festen Schlaf. Sie bekamen von dem gesamten Tohuwabohu nicht das Geringste mit.

Louis von Angern kehrte erst in den frühen Morgenstunden heim. Er hatte es als seine Pflicht angesehen gehabt, die nötigen Polizeikräfte anzufordern und sich bis zu ihrem Eintreffen um das Abriegeln des Tatorts zu kümmern. Der Ablauf des Verbrechens war zwar klar und der Mörder musste auch nicht überführt werden, aber trotzdem sollten so viele Spuren wie möglich gesichert werden können. Irgendwann kurz vor Sonnenaufgang ließ der Kriminalpolizei-Inspektor die sterblichen Überreste des Barons und die des Meuchlers ins Leichenschauhaus in der Hannoverschen Straße schaffen. Als er endlich nach Hause kehrte, zwitscherten bereits die Vögel in den Bäumen, Hauswarte kehrten die Bürgersteige und Zeitungsjungen lieferten die Morgenausgaben aus.

In der Wohnung hatte Louis von Angern nur noch einen einzigen freien Schlafplatz vorgefunden, und das war sein Sessel am Fenster gewesen. Doch das störte den braven Mann nicht weiter. Er ließ sich erschöpft nieder, rückte ein Fußbänkchen zurecht, breitete eine Decke über seinen Beinen aus und nickte sofort ein.

Gegen acht Uhr weckte ihn ein Sonnenstrahl. Therese rumorte bereits in der Küche. Louis von Angern ging ins Badezimmer, machte sich frisch und wechselte die Leibwäsche. Als er zurück in den Salon kam, standen dort bereits ein Topf Kaffee und ein kaltes Schnitzel nebst einem Butterbrot für ihn bereit.

»Wirst du wegen des Mordes an deinem Schützling Ärger bekommen?«, fragte seine Gattin besorgt. Das geschah nicht ohne

Grund. Aus den Berichten ihres Mannes wusste sie, dass im Polizeipräsidium gern einmal Kopfnüsse an Unschuldige verteilt wurden, wenn es aus politischen Gründen erforderlich war.

»Ich glaube kaum«, entgegnete Louis von Angern. Er wollte sich gern selbst überzeugen, doch es fehlte ihm an der nötigen Gewissheit. »Es war Schicksal gewesen. Niemand hätte es abwenden können.«

»Die Kinder schlafen noch. Sie haben von alledem nichts mitbekommen. Wir müssen leise sein. Was wirst du nun tun?«, flüsterte Therese.

»Ich fahre zum Stiefbruder des Barons. Er ist in Berlin der nächste Angehörige. Er soll sich um alles kümmern.«

Nach dem frugalen Mahl klopfte der Kriminalpolizei-Inspektor an die Tür vom Schlafzimmer. Die Baronin war wach. Sie starrte mit leerem Blick nach oben. Mit einiger Mühe gelang es ihm, von ihr die Adresse ihres Schwagers zu erfragen.

Die Droschke benötigte eine gute halbe Stunde, um bis nach Wilhelmsberg in die Koschke Straße zu gelangen. In dieser Gegend hatte Berlin ganz und gar seinen großstädtischen Charakter verloren. Die Straßen waren schmal, die Grundstücke klein, die Häuser niedrig. Ab und an gab es handtuchbreite Felder. In den Gärten standen Obstbäume und gackerten Hühner. Doch das gesamte Viertel befand sich im Umbruch. Die Hauptstadt breitete sich immer weiter aus. In wenigen Jahren würde auch Wilhelmsberg ein Quartier wie jedes andere sein.

Die Familie von Balau bewohnte ein schlichtes grau-blaues Holzhäuschen. Es hätte dringend einen neuen Anstrich benötigt. Der kleine Vorgarten war verwildert, und der Zaun davor neigte sich bedrohlich zur Seite. Alles wirkte reichlich trostlos. Aber vielleicht war es auch nur die Ruhe vor dem Sturm neuer Bauprojekte.

Louis von Angern bat den Kutscher zu warten und ging zur

Haustür. Es gab weder eine elektrische Klingel noch einen Glockenzug. Erst nach langem Klopfen öffnete Sebastian von Balau. Er trug einen verschlissenen braunen Morgenrock mit geflochtenen Paspeln als Zierde. Sein Haar war verstrubbelt und sein Kinn unrasiert. Auf der linken Wange hatte die Knopfleiste vom Kopfkissen eine rote Druckstelle hinterlassen. Durch die halb geöffnete Haustür drang ein muffiger Geruch nach außen. Es war eine Mischung aus feuchtem Putz und gekochtem Kohl. Dieses Odeur passte sehr gut zu dem verwitterten Anstrich. Das Haus war wohl ein Paradies für Ratten und Mäuse.

»Mit Ihnen hätte ich in meinem Leben nicht gerechnet«, meinte der Stiefbruder in einem schleppenden Tonfall, der seine Worte Lügen strafte. Eigentlich hätte er überrascht sein müssen. Aber vielleicht war ihm in seinem Leben bereits zu viel widerfahren, um sich noch aus der Ruhe bringen zu lassen. »Deshalb nehme ich an, dass es sich um eine wichtige Angelegenheit handeln wird.«

Der Kriminalpolizei-Inspektor fasste in kurzen Worten zusammen, welches Drama sich in den späten Abendstunden vor der Königlichen Oper ereignet hatte.

»Vielen Dank für die Informationen. Muss ich irgendetwas tun, mich auf dem Kommissariat melden, den Toten identifizieren? Als Zeugen können weder meine Gattin noch ich dienlich sein. Wie Sie wissen, hatten wir den Ort des Geschehens bereits einige Minuten vorher verlassen gehabt. Zur Tatzeit werden wir etwa in Höhe der Landsberger Allee unterwegs gewesen sein. Das wird der Droschkenkutscher bestätigen. Es kann nicht schwer sein, ihn ausfindig zu machen.«

»Keine Bange, Sie stehen weder unter Verdacht noch sollen Sie als Zeugen aussagen. Es geht um ganz etwas anderes: Ihre Schwägerin befindet sich in einer schlechten Verfassung. Ihr Nervenkostüm ist stark angegriffen. Jemand muss sich um sie kümmern, ihre Kinder sowie die Verwandten benachrichtigen und sicherlich auch vorübergehend das Unternehmen führen, jedenfalls so lange, bis ein geeigneter Geschäftsführer gefunden wurde.«

»Das ist eine starke Verantwortung, die Sie mir da aufbürden wollen«, entgegnete der Stiefbruder. »Ich weiß nicht, ob meine Schultern so viel tragen können.«

»Sie müssen es tun. Ihnen bleibt keine andere Wahl. Meine Gemahlin und ich haben bereits alles unternommen, was in unserer Macht steht. Mehr können wir nicht leisten. Wir sind mit dem Baron weder verwandt, noch waren wir mit ihm näher bekannt. Ich hatte ihn erst vor wenigen Tagen aus rein dienstlichen Gründen getroffen«, sprach Louis von Angern und setzte dann fort: »Ich halte Sie neben den Blutsbanden, die Sie mit dem Baron verbanden, überdies noch für geeignet, weil Sie zurzeit Rentier sind. Ohnehin kenne ich außer Ihnen nur einen einzigen weiteren Verwandten, und das ist der Cousin zweiten Grades Theodor von Klitzing. Bei Ihnen habe ich meinen Gang nach Canossa begonnen. Wenn Sie ablehnen, werde ich den *magister artium liberalium* aufsuchen.«

»Oh, nein, das wird nicht nötig sein. Es kommt nur alles ein wenig überraschend für mich. Ich bin kein Barbar und will meine Pflicht tun. Selbstverständlich werden meine Gattin und ich alles nur Menschenmögliche unternehmen, um der ärmsten Philippine in ihrem unermesslichen Leid beizustehen.«

»Das höre ich gerne. Nun fällt mir ein Stein vom Herzen. Ich bin die Last der Verantwortung los. Soll ich Sie mit zurück in die Stadt nehmen? Ich bin mit einer Droschke da und will gerne auf Sie warten, bis Sie Ihre Morgentoilette erledigt haben.«

»Vielen Dank für das freundliche Angebot. Ich muss mich aber zuerst mit meiner Gemahlin besprechen. Wir nehmen nachher einen eigenen Wagen. Hier in dieser Gegend gibt es genügend Nachbarn mit einer Kutsche, die sich über eine Fuhre freuen.«

Louis von Angern verabschiedete sich. Während der Fahrt schüttelte er in Selbstgesprächen vertieft mehrfach irritiert den Kopf. Die Begegnung mit Sebastian von Balau hatte einen merkwürdigen Eindruck bei ihm hinterlassen. Weshalb hatte ihn der Stiefbruder nicht ins Haus gebeten, sondern draußen vor der Tür abgefertigt? In Trauerfällen pflegte man sich an den Tisch zu setzen und einen Schnaps im stillen Gedenken an den Verstorbenen zu trinken. Nun, ein Grund könnte gewesen sein, dass das Haus nicht aufgeräumt war. Der üble Geruch deutete darauf hin. Vielleicht hatte ihm von Balau mit seiner vermeintlichen Unhöflichkeit in Wahrheit sogar einen Gefallen getan.

Außerdem schien es dem Kriminalpolizei-Inspektor so, als ob Sebastian von Balau bereits von anderer Seite über den genauen Ablauf des Mordanschlags in Kenntnis gesetzt worden wäre. Obwohl er vorgegeben hatte, noch nichts vom Tod seines Stiefbruders zu wissen, hatte er bei keinem einzigen Punkt nachgefragt. Doch wer sollte ihm davon berichtet haben?

*

BERLIN, 11. SEPTEMBER 1893

Gleich bei Dienstbeginn hatte der Polizeipräsident den Kriminalpolizei-Inspektor zu sich rufen lassen. Von Richthofen marschierte mit zerknirschter Miene gestiefelt und gespornt in seinem Büro auf und ab. Die Sache hatte ihn offensichtlich mächtig mitgenommen. Bekanntermaßen besaß der Polizeipräsident nur wenig wahre Freunde. Da zählte der Verlust eines einzelnen Kameraden gleich doppelt und dreifach.

»Die janze Jeschichte is jründlich schiefjejangen. Der arme Baron tut mir von Herzen leid, aba ditte is nu nich mehr zu ändern. Der Fall mit det Bemogeln hat nun keene Priorität mehr. Se könn die Sache also janz beruhigt an Ihren Kommissar Sowieso abjeben.«

Nachdem Louis von Angern in sein Amtszimmer zurückgekehrt war, gönnte er sich einen Topf Kaffee und hielt zunächst Zeitungsschau. Die Nachricht von dem Mordanschlag hatte noch nicht ihre Runde gemacht. Nur die *Berliner Gerichts-Zeitung* berichtete auf ihrer Seite zwei darüber: »Am Opernplatz vor der Königlichen Oper wurde am Sonnabendabend etwa um elf Uhr ein vornehm gekleideter Herr tot aufgefunden. Er war nach einem missglückten Raubüberfall durch einen Messerstich in die Leber tödlich verletzt worden. In dem Toten ist der bekannte Fabrikant und wohlhabende Unternehmer Baron Oscar Xaver von Jouquiers erkannt worden. Neben seiner sterblichen Hülle lag als weiterer Leichnam der des Räubers. Jener junge Bursche ist noch von unbekannter Identität. Er starb an einem Schuss in sein Antlitz, welcher von einem tapferen Schutzmann abgefeuert worden war. Der Polizist auf Streifengang hatte den Überfall aus nächster Nähe beobachten, aber nicht mehr verhindern können.«

In den übrigen Zeitungen fehlte es wohl an den entsprechenden Meldungen, weil die Redaktionen an den Wochenenden nur spärlich besetzt waren. In zwei Blättern fanden sich wenigstens ausführliche Kritiken zur *Tannhäuser*-Aufführung im Königlichen Opernhaus. Das *Berliner Tageblatt* lobte das Stück über den grünen Klee, während die *Berliner Volkszeitung* einen totalen Verriss abdruckte. Louis von Angern fand, dass sich die beiden Rezensionen ausgezeichnet ergänzten: Es gab einiges an der Darbietung zu kritisieren, dennoch war sie insgesamt als gelungen zu bezeichnen.

*

Abends nach Dienstschluss und einer gemeinsamen Mahlzeit mit der Familie besuchte der Kriminalpolizei-Inspektor seinen Freund

Theodor Fontane. Zunächst spielten sie eine Partie Salta. Bei diesem Brettspiel mit je fünfzehn grünen und roten Steinen ging es darum, mit den eigenen Figuren so schnell als möglich auf die gegenüberliegende Seite zu ziehen und die Steine dort nach einer genau festgelegten Reihenfolge aufzubauen. Gegnerische Figuren durften übersprungen, aber anders als beim Damespiel nicht geschlagen und aus dem Spiel entfernt werden. Gewonnen hatte derjenige, dem es zuerst gelungen war, seine Formation geschlossen aufzubauen.

»Sie spielen unkonzentriert, mein Freund«, meinte der Dichter, nachdem er das erste Spiel und bald darauf auch die Revanche gewonnen hatte. »Was bedrückt Sie und wird Ihnen nachher den Schlaf rauben?«

Louis von Angern erzählte nun der Reihe nach, was sich in den vergangenen achtundvierzig Stunden vor und nach dem furchtbaren Begebnis alles ereignet hatte.

»Was wollen Sie nun unternehmen? Welche Schritte planen Sie als Nächstes?«

»Den Fall mit dem betrügerischen Möbelaufkäufer habe ich abgetreten. Bei dem Mord gibt es nichts weiter aufzuklären. Ich habe ihn selbst mit ansehen müssen. Der Taschendieb wollte den Baron bestehlen. Von Jouquiers hat sich gewehrt. Das war sein Fehler gewesen. Dadurch ist die Sache eskaliert. Der Täter hat sofort seine gerechte Strafe gefunden und liegt inzwischen im Leichenschauhaus. Schneller und besser hätte auch Emil von Frankenberg-Ludwigsdorf, der zu seinen Lebzeiten für seine radikalen Verdikte berühmt-berüchtigte Vorsitzende Richter der 5. Strafkammer am Königlichen Landgericht, nicht entscheiden und das Urteil vollstrecken lassen können.«

Mete kam herein und servierte ein Kanne frisch gebrühten Pfefferminztee nebst einigen Sandplätzchen. Letztere waren zwar außerordentlich schmackhaft, wollten jedoch mit Vorsicht genossen werden. Sie besaßen nämlich die seltsame und verstörende Eigenschaft, sich im Mund auf ein Vielfaches ihres ursprünglichen Volumens auszudehnen.

Nach einer ganzen Weile fragte der Dichter besorgt, während er an seinem letzten Keks mümmelte: »Das war doch eben nicht Ihr Ernst, nicht wahr? Sie wollen mich auf den Arm nehmen? Oder Sie dürfen mich aus dienstlichen Gründen nicht in die aktuelle Ermittlungsarbeit einweihen?«

»Wie kommen Sie darauf?«, rief von Angern verwundert aus und prustete dabei ungewollt einen Krümelregen in die Luft. Schnell hielt er sich die Hand vor den Mund und murmelte: »Entschuldigung!«

»Sie sind ein kluger Mensch und ein erfahrener Kriminalpolizist. Ist Ihnen an dem Fall nichts Außergewöhnliches aufgefallen?«

»Doch, ist es, und zwar dass der arme Baron ein ausgesprochener Pechvogel war. Erst steckte er sich mit der Cholera an, dann verlor er an seiner Kutsche ein Rad und am bitteren Ende wurde er bei einem missglückten Taschendiebstahl oder Raubüberfall erstochen. Das alles nenne ich wahrlich Pech, weil es für drei Menschenleben reichen würde. Jeder Dichter, der sich ein solches Schicksal ausdenken wollte, hätte jeden Kredit bei seinem Publikum verspielt.«

Theodor Fontane runzelte die Stirn, knüllte ärgerlich eine Serviette zusammen und warf sie zu Boden.

»Potzblitz und heiliges Kanonenrohr. Mein Hausarzt Doktor Wilhelm Delhaes befürchtet, ich könnte schwachsinnig werden. Er hat mich nicht davor gewarnt, dass die heimtückische Krankheit hochansteckend zu sein scheint. Offensichtlich sind Sie das erste Opfer geworden.« Der Dichter schnaufte verärgert. »Beginnen wir mit dem Ende. Dann wird Ihnen hoffentlich ein Seifensieder aufgehen. Was war am Sonnabend zur späten Nacht auf dem Boulevard Unter den Linden noch so alles los? Unzählige Leute flanierten auf dem Bürgersteig, nicht wahr? Die Oper war aus. Auf dem Fahrdamm herrschte dichter Verkehr. Zahlreiche Lampen und Laternen spendeten Licht. Hat der Mond geschienen?«

»Ich glaube ja. Ich konnte ziemlich weit die Straße entlang sehen und vielerlei Details erkennen.«

»Das waren alles ideale Voraussetzungen für einen Langfinger. Er liebt menschliches Gewühl, in dem er sich unbemerkt an sein Opfer anschleichen und schnell wieder verschwinden kann. Worauf hat es ein solcher Mensch abgesehen?«

»Auf Beute.«

»Ganz genau, auf Beute. Alles muss ganz rasch gehen. Ein solcher Schurke ist nicht auf Ärger aus. Er sucht ein Opfer, und keinesfalls einen Gegner. Für jegliche Gewalttat war der Ort völlig ungeeignet gewesen. Räuber lauern ihren Opfern im Wald oder in anderen einsamen Gegenden auf. Sie tun dies keinesfalls mitten in der Stadt, wo die Hilfe nicht weit ist. Was folgt daraus?«

»Sagen Sie es mir.«

Fontane holte tief Luft. »Sapperlot noch mal! Daraus folgt, dass der Diebstahl inszeniert gewesen ist. Es hat sich von Anfang an um einen geplanten Mord gehandelt, und um nichts weiter. Die Sache ist nur deshalb völlig aus dem Ruder gelaufen, weil zufällig ein Schutzmann in der Nähe war. Der brave Polizist hat nicht lange gezögert und den Mörder erschossen.«

»Nun ja, das meine ich doch die ganze Zeit über. Tot ist tot. Was soll ich da noch groß ermitteln? Der Mörder hat seine gerechte Strafe erhalten. Ob er den Baron nur bestehlen wollte oder von Anfang an danach trachtete, ihn zu erstechen, ist doch völlig belanglos. Was geschehen ist, ist geschehen. Ich vermag die Uhren nicht zurückzudrehen.«

»Nein, es ist nicht völlig belanglos«, widersprach ihm Theodor Fontane mit großem Nachdruck. »Weil Sie bislang den Auftraggeber nicht kennen.«

»Wie kommen Sie darauf, dass es einen Hintermann geben könnte?«

»Im Deutschen Reich leben derzeit rund fünfzig Millionen Einwohner. Die Säuglingssterblichkeit ist sehr hoch. Die Bevölkerung leidet unter Mumps, Pocken, Ruhr und Typhus. Deshalb liegt die mittlere Lebenserwartung für ein gerade erst geborenes männliches Kind bei lediglich vierunddreißig Jahren. Das ist eine äußerst kurze Zeitspanne. Aber sobald der Junge das dritte Lebensjahr erreicht und damit die gefährlichsten Kinderkrankheiten überstanden oder hinter sich gelassen hat, klettert seine mittlere Lebenserwartung auf stolze zweiundfünfzig Jahre an. Das bedeutet mit anderen Worten, dass die Sterbenswahrscheinlichkeit von der Geburt bis zum dreizehnten Lebensjahr rapide abnimmt. Erst danach wieder, und zwar zuerst langsam und schließlich immer rascher, steigt sie bis zum höchsten Alter an.«

Louis von Angern schüttelte verwirrt den Kopf. »Es tut mir leid. Ich kann Ihnen da nicht folgen. Was hat das mit unserem Fall zu tun?«

»Warten Sie nur ab. Gleich wird Ihnen ein Licht aufgehen. Von den genannten fünfzig Millionen Einwohnern Deutschlands sterben jedes Jahr rund 1,2 Millionen. Das sind etwa 2,4 Prozent. Oder mit anderen Worten ausgedrückt: Von hundert Menschen gehen jährlich nur 2,4 über den Jordan. Hinzu kommt, dass die Sterblichkeit verschieden ist. Sie differiert nach Wohnort, also Stadt, Land und Umgebung, nach Beruf, Zivilstand, Lebensweise, Gesundheitspflege und Wohlstand. Ein reicher Villenbewohner, der ganz nach seinen Bedürfnissen lebt und erlesen, aber maßvoll speist, wird in der Regel also um Jahrzehnte älter werden, als ein notleidender Büdner, der von morgens bis abends schwer schuften muss und sich dennoch nur mangelhaft ernähren kann.«

»Ich verstehe immer noch nicht.« Louis von Angern runzelte betreten die Stirn.

»Das bedeutet, dass die Sterblichkeitsrate reicher Leute nicht 2,4, sondern lediglich 0,4 Prozent beträgt. Die übrigen zwei Prozent teilt sich der Rest der Bevölkerung. Die Wahrscheinlichkeit für einen wohlhabenden Menschen, außerhalb von Kriegen oder Katastrophen eines unnatürlichen Todes zu sterben, sinkt damit auf 35 000 Fälle pro Jahr bzw. auf 0,07 Prozent. Das sind 2917 im Monat bzw. 0,0058 Prozent im gesamten Deutschen Reich.«

»Ja und?«

»Jetzt ganz langsam zum Mitschreiben: Der Baron von Jouquiers ist innerhalb weniger Tage an Cholera erkrankt, seine Kutsche hat ein Rad verloren, und zum Schluss ist er erstochen worden.«

»Was hat das mit Ihrer Statistik zu tun? Das erste Ereignis war ein Krankheitsfall, darauf folgte ein Verkehrsunglück und den Abschluss bildete ein Mord.«

Fontane seufzte. »Ich will damit sagen, dass rein statistisch betrachtet kein reicher Mensch, der auf der Sonnenseite des Lebens wandelt, hintereinander drei solch schwere Schicksalsschläge erleiden kann. Die Wahrscheinlichkeit, dreimal hintereinander vom Blitz getroffen zu werden oder dreimal hintereinander in der Lotterie den Hauptgewinn zu ziehen, ist wesentlich größer. Das bedeutet im Umkehrschluss: Jemand hat nachgeholfen!«

»Das ist doch kompletter Unsinn«, entrüstete sich Louis von Angern. »Die Cholera wird durch Ausscheidungen übertragen. Wie will jemand, der nicht infiziert ist, mit Kot oder Auswurf hantieren, ohne sich selbst in höchste Lebensgefahr zu bringen?«

»Wer sagt Ihnen denn, mein lieber Kriminalpolizei-Inspektor, dass der Baron tatsächlich Cholera hatte und nicht mit einem hübschen Quantum Arsenik gefüttert wurde?«, schmunzelte Theodor Fontane. »Die Symptome bei einer solchen Vergiftung sind ähnlich wie die bei einer Cholera-Erkrankung. Arsenik ist für jedermann frei im Handel erhältlich. Wie ich aus meiner früheren Tätigkeit als Apotheker weiß, wird Arsenik unter anderem als Fliegengift verwendet, da es mit Wasser an der Luft arsenige Säure bildet. Arsenik lässt sich leicht Flüssigkeiten beimengen. Es behält seine Wirkung, auch wenn die Erquickung erst Stunden später getrunken wird. Weil der Baron aus Hamburg zurückkehrte, wo derzeit die Cholera grassiert, lag es auf der Hand, dass er sich mit der Seuche infiziert hatte. Seine rasche Genesung spricht allerdings eine ganz andere Sprache. Sie deutet außerdem darauf hin, dass ihm das Gift nicht länger verabreicht werden konnte. Weshalb nicht? Weil der Baron ärztlich betreut wurde und ihm der Täter nichts mehr in die Speisen und Getränke mischen konnte. Ich an Ihrer Stelle würde seinen Arzt konsultieren und ihn befragen, ob er meine Theorie stützen kann.« Der Dichter nickte emphatisch. »Ähnlich stellt sich die Sache mit dem verlorengegangenen Wagenrad dar. Da niemand einen Verdacht hegte, sind alle logischerweise davon ausgegangen, dass es sich um einen Unglücksfall gehandelt hat. Niemand kam auf die Idee, dass jemand massiv nachgeholfen haben könnte.«

»Aber selbst der Stellmacher konnte nach eingehender Untersuchung keine Manipulationen feststellen.«

»Kennen Sie den Witz von dem Trunkenbold, der unter einer Laterne auf allen Vieren herumkriecht?«

»Nein, wie geht der?«

»Ein Passant kommt vorbei und fragt: ›Kann ich Ihnen helfen?‹ Der Säufer antwortet: ›Ja bitte, ich suche meinen Schlüssel.‹ Nach einer Viertelstunde meint der hilfsbereite Mann: ›Sind Sie sicher, dass Sie Ihren Schüssel hier verloren haben?‹ Der Zecher erwidert: ›Aus der Hand gefallen ist er mir dort drüben. Aber da kann man nichts sehen. Dort ist es dunkel.‹ Mit diesem Gleichnis will ich sagen, dass alle an der falschen Stelle gesucht haben. Der Stellmacher ist wie der Baron von einem Materialverschleiß ausgegangen. Kein Mensch hat ein Attentat in Betracht gezogen.

Ich denke, der Täter wird kurz vor der Abfahrt der Kutsche ein stark wirkendes Ätzmittel wie Kupfervitriol oder Flusssäure auf die Schraube und den Splint geträufelt haben. Das Metall hat sich langsam aufgelöst. Als nichts mehr da war, was das Rad halten konnte, ist es von der Achse gerutscht.«

»Sie meinen, vor dem Überfall hat es bereits zwei Mordversuche gegeben, die lediglich gescheitert sind?«

»Genau. Deshalb hatte der Verbrecher am Sonnabend den Dolch bereits griffbereit. Der Befehl seines Auftraggebers lautete, den Baron zu erstechen und es wie einen missglückten Taschendiebstahl aussehen zu lassen.«

»Aber der Mörder ist tot. Er wurde erschossen. Er kann uns nicht mehr verraten, wer der Hintermann war.«

»Es gibt eine Sprache der Toten. Sie reden mit uns, wenn wir ihnen die richtigen Fragen stellen. Wurde die Identität des Schurken festgestellt?«, wollte Fontane wissen.

»Dem hat niemand eine besondere Dringlichkeit beigemessen. Aber nun werde ich mich schleunigst darum kümmern.«

Fontane nickte zustimmend. »Tun Sie das, tun Sie das. Aber auch so dürfte sich die Suche nach dem Täter recht einfach gestalten. Er muss ad eins ein handfestes Motiv besitzen, ad zwei die Möglichkeit gehabt haben, dem Baron das Gift zu verabreichen, und ad drei in der Lage gewesen sein, die Kutsche zu manipulieren.«

»Da fällt mir nur eine einzige Person ein«, stellte Louis von Angern fest. »Das ist der Stiefbruder des Barons. Er befindet sich in finanziellen Schwierigkeiten, doch von Jouquiers hat ihn verachtet und wollte ihm nicht helfen. Nun hält Sebastian von Balau das Heft des Handelns fest in der Hand. Er wird etwas von dem beträchtlichen Vermögen erben und höchstwahrscheinlich die Geschäfte für seine Schwägerin führen. Damit wäre er saniert. Er kam nah genug an den Baron heran, um ihm Gift unterzuschieben und die Kutsche zu präparieren. Der Opernbesuch kam ganz allein auf seine Initiative hin zustande. Doch ein Verdacht allein, so gravierend er auch sein mag, reicht nicht aus. Es fehlt völlig an Beweisen.«

»Das kann doch so schwer nicht sein, Belege für diese Schurkereien zu finden. Der Stiefbruder muss jede Menge an Spuren hinterlassen haben. Er war nur so lange sicher, wie niemand Verdacht schöpfte. Überprüfen Sie zuerst die Theorie mit dem Arsenik. Befragen Sie den Hausarzt des Barons. Vielleicht ergibt sich auch eine Verbindung zwischen dem Stiefbruder und dem Mörder, wenn Sie dessen Identität enthüllt haben. Überdies sollten Sie die Suche nach dem mysteriösen Möbelkäufer, diesem angeblichen Freiherrn, intensivieren. Ich denke, wir können davon ausgehen, dass ihn von Balau auf den Baron angesetzt hatte, um Druck auf ihn auszuüben. Als dieser Plan A nicht den gewünschten Erfolgt brachte, ging er zu Phase zwei über.«

Der Kriminalpolizei-Inspektor dachte einen Moment nach, dann sagte er: »Als wir die Loge im Opernhaus verließen, hatte meine Gattin ihre Stola vergessen. Das konnte nur geschehen, weil sie nicht mehr am Garderobenhaken hing und gut sichtbar war, sondern weil sie jemand unter einem Tisch versteckt hatte. Als wir den Verlust bemerkten, bin ich zurückgelaufen, um das Umhängetuch zu holen. Unterdessen ist der Baron hinaus auf die Straße gegangen, um dort neben seiner Droschke auf uns zu warten. Wäre ich an seiner Seite gewesen, hätte ich vielleicht das Schlimmste verhindern können.«

»Sehen Sie, mein lieber Louis von Angern, wie hilfreich ein leichter Disput sein kann. Auf diese Weise bekommt das Vexierbild doch schon recht deutliche Konturen.«

*

BERLIN, 12. SEPTEMBER 1893

Conrad Ackermann, seines Zeichens amtlich bestellter königlich-preußischer Leichenbeschauer, freute sich ehrlichen Herzens über seinen Besucher.

»Das nenne ich eine gelungene Überraschung, dass sich ein solch nobler Kriminalpolizei-Inspektor persönlich in meine bescheidenen Räume verirrt. Sonst kommen immer nur niedere Chargen angeschlichen, die wenig Interesse an der hohen Kunst des Körperzerteilens haben. Dennoch herrscht an hohen Besuchern kein Mangel. Neulich erst plauderte ich äußerst angeregt mit dem Kreisphysikus Franz von Baudessin, der ja ein enger Freund von Ihnen sein soll.«

Louis von Angern räusperte sich auf eine Weise, die sich beim besten Willen nicht als Zustimmung verstehen ließ.

Der Leichenbeschauer grinste: »Und am frühen Sonntagmorgen kam der liebenswürdige Baron Oscar Xaver von Jouquiers in Begleitung eines flüchtigen Bekannten bei mir vorbei«, fuhr er fort. »Ich habe mit beiden Herren bereits ausführliche Zwiesprache gehalten, wobei die Konversation aufgrund der besonderen Umstände naturgemäß recht einseitig verlaufen musste.«

»Genau wegen dieser beiden Personen hat mich mein Weg hierher geführt. Was wissen Sie zu berichten, mein bester obrigkeitlich bestellter Totenbetrachter?«

Conrad Ackermann brannte sich einen seiner stinkenden schwarzen Stumpen an. »Ich biete Ihnen von diesem edlen Rauchwerk nichts an, weil es womöglich Ihren adligen Gaumen beleidigen könnte. Aber was halten Sie von einem Schlückchen gereinigten Sprit, verdünnt mit zuckersüßem Kirschsaft?«

Louis von Angern lehnte dankend ab.

»Nun ja, dann beginnen wir der Reihe nach. In dieser Mordgeschichte haben wir den glücklichen und höchst seltenen Fall, dass sowohl beide beteiligten Personen als auch das Corpus Delicti, also das verwendete Tatwerkzeug, für die Untersuchung zur Verfügung stehen.« Der Leichenbeschauer zog an seinem Stumpen. »Beginnen wir mit dem Dolch, auch Gnippe oder Telitz genannt. Der Dolch kam schon in der Steinzeit als Stoßinstrument vor. In der Neuzeit gehörte er zur Ausrüstung von römischen Legionären und dann im 12. Jahrhundert von mittelalterlichen Heeren. Zur Ritterzeit war er übliche Bewaffnung. Er diente als sogenannter Gnadengott dazu, einen im Zweikampf überwundenen Gegner, der nicht um Schonung bat, zu töten. Heute ist der Dolch etwas aus der Mode gekommen. Doch unser toter Freund hat ein ganz besonders wertvolles und höchst seltenes Exemplar verwendet. Es ist sehr lang, nämlich zwanzig Zentimeter, äußerst spitz und damit höchst gefährlich. Dieses Mordwerkzeug wurde aus allerbestem Stahl geschmiedet, der sich scharf wie ein Rasiermesser anschleifen lässt. Summa summarum war dieser Dolch von seiner Bestimmung her keine Verteidigungs-, sondern eine reine Angriffswaffe. Er eignet sich weder zum Herstellen von Apfelschnitzen noch zum Brotschneiden, sondern nur zum schnellen und effektiven Töten. Das musste unser armer Baron auf höchst bedauerliche Weise am eigenen Leib erfahren.«

»Wollen Sie damit sagen, dass niemand eine solche Waffe zur Notwehr bei sich trägt?«, fragte der Kriminalpolizei-Inspektor nach.

»Ganz genau. Der Dolch musste, anders als ein normales Messer, in einer speziellen Scheide getragen werden, die mit einer Lasche verschlossen wird. Am Gürtel oder in einer Tasche wäre die Verletzungsgefahr zu groß gewesen. Deshalb lässt er sich nicht schnell ziehen. Außerdem wurde die Schneide brüniert, also erhitzt, bis sie blau angelaufen war und dann mit einem Blutstein gerieben. Dadurch ist der Dolch in der Dunkelheit so gut wie unsichtbar. Ein Messer, das niemand sieht, ist zur Verteidigung nicht geeignet. Eine Abwehrwaffe muss blank sein und blitzen, um a priori eine abschreckende Wirkung zu erzielen.«

»Ließe sich daraus schlussfolgern, dass der Raubmörder bereits von Anfang an, also bevor er den Überfall überhaupt beging, den Dolch schon gezückt hatte?«

Conrad Ackermann blies mehrere stinkende Rauchwolken aus. »Ganz genau«, sagte er dann, »das ist meiner langen Rede kurzer Sinn. Anders lässt sich der Stichkanal nicht erklären. Derselbige führt nämlich von unten nach oben. Der Täter ist Rechtshänder. Die Dolchscheide war links unter seinem Mantel am Gürtel befestigt. Der Griff ragte in die Höhe. Wenn der Dolch von dem Strauchdieb erst während der Auseinandersetzung gezogen worden wäre, hätte er zuerst die Lasche öffnen, dann nach dem Griff fassen, die lange Klinge weit nach oben aus der Scheide ziehen und schließlich eine komplizierte Drehbewegung um seinen Bauch herum wieder nach unten vollführen müssen, um nach oben zustechen zu können. In diesem Fall wäre es viel einfacher gewesen, den Dolch hochzureißen und von oben nach unten in die Brust des Widersachers zu jagen.«

»Was können Sie mir noch über den Verbrecher sagen?«

»Von Beruf wird er tatsächlich ein Taschendieb gewesen sein. Er verfügt über ganz lange, weiche Finger. Sie sind das ideale Rüstzeug für eine solche Tätigkeit. Außerdem war er ein Akrobat. Sein Körper ist extrem muskulös und äußerst schlank. Wie ich ertasten konnte, hat er sich im Knabenalter einmal beide Handgelenke gleichzeitig gebrochen. So etwas passiert Zirkuskindern, wenn sie bei einem Überschlag falsch aufkommen. Aber die Brüche wurden fachkundig geschient und sind ohne schwerwiegende Folgen verheilt. Allerdings wird sich der Bursche seitdem wohl den Salto mortale verkniffen haben.«

*

Julius Loewensohn residierte mit seiner Arztpraxis in einer hübschen kleinen Villa in der Warmbrunner Straße, die lediglich einen Steinwurf weit von der Villa des Barons entfernt lag. Im gepflegten Vorgarten stand die lebensechte Marmorstatue einer spärlich verhüllten Frau. Ihre Aufgabe bestand darin, aus einem Krug auf ihrer Schulter unablässig Wasser in ein Basaltbecken laufen zu lassen. Der Hauptzugang von der Straße bis zur Haustür war gepflastert. Die Nebenwege hatte ein dienstbarer Geist mit glänzend weißen Kieselsteinen bestreut. Kein einziger Grashalm wuchs an einer Stelle, wo er nicht hingehört hätte.

Die Eingangshalle im Inneren war rund und diente gleichzeitig als Wartezimmer. An den Wänden hingen die Approbationsurkunde, das Reifezeugnis eines Realgymnasiums und jede Menge an amtlichen und privaten Anerkennungsschreiben des Arztes. Drei fein gekleidete ältere Damen, denen nichts weiter als ein wenig Unterhaltung zu fehlen schien, saßen auf bequemen Holzstühlen und tauschten sich angeregt über ihre Krankheiten aus, wobei eine die andere sichtlich zu übertrumpfen versuchte.

Der Kriminalpolizei-Inspektor ging schnurstracks zu einem halbrunden Tresen aus hellem Birkenholz und zeigte der Empfangsdame seine Polizeimarke. Fünf Minuten später saß er dem Arzt im Behandlungszimmer gegenüber.

Louis von Angern stellte sich kurz vor und fiel anschließend gleich mit der Tür ins Haus: »Baron von Jouquiers war in Hamburg gewesen und kam schwerkrank zurück. Er zeigte die Symptome einer Cholera-Infektion. Könnte es sich auch um eine Arsenik-Vergiftung gehandelt haben?«

Dr. Loewensohn schwieg eine ganze Weile, dann erwiderte er: »Wissen Sie, Herr Kriminalpolizei-Inspektor, es gibt mehrere Sorten von Ärzten. Die einen schwitzen in Spitälern und machen sich den Buckel krumm. Die anderen haben eine Niederlassung im Arbeiterviertel, schuften von morgens bis abends und können sich manchmal nicht die Butter aufs Brot leisten. Wieder andere führen wie ich eine Praxis im Grunewald, gehen gern zum Pferderennen und genießen auch sonst ihr Leben. Diese Spezialisierung führt jedoch in allen Fällen zu einer gewissen Einseitigkeit auf fachlichem Gebiet. Die Armenärzte kennen sich kaum mit den Krankheiten der Reichen wie Podagra, Chiragra oder Gonagra aus. Umgekehrt weiß ich relativ wenig über den Unterschied zwischen der Kopflaus *Pediculus capitis* und der Kleiderlaus *Pediculus vestimenti*. Lediglich die Filzlaus *Phthirus pubis* kommt mir gelegentlich unter.« Der Arzt grinste unverschämt. »Bei der Cholera beispielsweise handelt es sich um eine Krankheit der armen Leute. Als Epidemie ist sie in Berlin letztmalig im Jahr 1831 aufgetreten. Aber was kaum jemand weiß ist der Umstand, dass seitdem wohl kein einziges Jahr vergangen ist, an dem es in Berlin nicht wenigstens einen Fall von Cholera gegeben hätte. Doch diese isolierten Erkrankungen blieben allesamt auf die Gegend um den Lichtenberger Zentralviehhof beschränkt.«

»Damit wollen Sie mir also sagen, dass Baron von Jouquiers bislang ihr einziger Patient mit Verdacht auf Cholera gewesen ist?«

»Ganz genau. Diese Krankheit kommt gemeinhin in dieser Gegend hier nicht vor. Giftmorde schon eher, weil mitunter auch wohlhabende Leute versuchen, sich gegenseitig umzubringen, aber ich kenne die Symptome einer Arsenik-Vergiftung nur aus Büchern. Darüber hinaus klang die Geschichte des Barons völlig plausibel. Er war in Hamburg gewesen. Dort grassiert die Seuche, und die Menschen sterben wie die Fliegen. Von Jouquiers hat mir gegenüber zu keinem Zeitpunkt auch nur die geringste Andeutung gemacht, jemand würde ihm nach dem Leben trachten. Deshalb gab es für mich überhaupt keinen Grund, mir in dieser Hinsicht irgendwelche Gedanken zu machen.«

8. Abgerechnet wird zum Schluss

Ich könnte dich jetzt morden, ich will aber nicht.
Theodor Fontane, *Meine Kinderjahre*

BERLIN, 13. SEPTEMBER 1893

Am Mittwoch überschlugen sich die Ereignisse. Es begann damit, dass der Kriminalpolizei-Inspektor den diensthabenden Wachtmeister losschickte, um einen Häftling zum Verhör zu holen. Das Polizeipräsidium am Alexanderplatz war nach dem Stadtschloss das größte Gebäude der Stadt. Es umschloss acht offene Höfe und eine glasüberdachte Kuppelhalle im Zentrum. Außer den vielfältigen Büroräumen beherbergte es auch einen Komplex von Arrestzellen, in dem nach der gültigen preußischen Belegungsvorschrift für Zuchthäuser dreihundert Männer und einhundert Frauen untergebracht werden konnten. Nach einer Viertelstunde war von dem Wachtmeister noch nichts wieder zu sehen. Statt seiner erschien Kriminalkommissar Bärenzung, der ein kleines Bäuchlein sein Eigen nannte und einen üppigen Schnauzbart trug. Er und sein Vorgesetzter verstanden sich gut, doch an diesem Tag machte der Kriminalkommissar einen zerknirschten Eindruck.

»Was gibt es mein Bester?«, fragte Louis von Angern leutselig.

»Der Gefangene befindet sich nicht mehr im Gewahrsam.«

»Aha, wurde er bereits verurteilt und hingerichtet?«

»Nein, Eure Exzellenz«, erwiderte der Kommissar mehr als förmlich. »Ich habe ihn laufen lassen. Oder besser gesagt: Ich musste ihn laufen lassen.«

Der Kriminalpolizei-Inspektor, der bislang in irgendwelchen Papieren auf dem Schreibpult vor sich gewühlt und nur mit einem halben Ohr zugehört hatte, richtete sich in Anbetracht dieser Nachricht kerzengerade auf.

»Sprechen wir beide von ein und demselben Mann, der mich am 25. August im ›Detailgeschäft v. Jouquiers‹, dem wohl größten Berliner Möbelkaufhaus, mit einem Stilett angegriffen hat? Reden wir über jene Person, die eine skrupellose Bande von Taschendieben befehligt und mit Vorliebe preußische Offiziere ausnimmt?«, fragte Louis von Angern ungläubig.

»Ganz genau von demselbigen«, seufzte Bärenzung und lief puterrot an.

Sein Chef drohte beinahe die Contenance zu verlieren. Er stand von seinem Drehstuhl auf und flüsterte mehr, als dass er sprach: »Ich hoffe in Ihrem ureigenen Interesse, dass Sie eine triftige Begründung parat haben. Ansonsten sind wir die längste Zeit Freunde gewesen.«

Der Kommissar nahm Haltung an. »Jawohl, Herr Kriminalpolizei-Inspektor. Es gab keine andere Möglichkeit. Er musste laufen gelassen werden«, erwiderte er.

»Da bin ich aber gespannt.«

»Der Untersuchungshäftling hieß Christoph Maquet. Er ist dreiunddreißig Jahre alt und Varietékünstler von Beruf. In seiner Vernehmung gab er an, einem bedauerlichen, aber entschuldbaren Irrtum zum Opfer gefallen zu sein. Er habe mit ansehen müssen, wie ein ihm unbekanntes Mannsbild tätlich wurde und eine ältere Dame mit einem Knotenstock angriff. Maquet ging von einem Raubüberfall aus. Er wollte dem vermeintlichen Opfer beistehen und wurde selbst brutal niedergeschlagen. Der eigentliche Taschendieb war jedoch ein minderjähriges Kind, welches entkommen konnte. Der Artillerie-Leutnant hat seine sämtlichen persönlichen Dinge, die ihm entwendet wurden, unversehrt wiedererhalten und deshalb auf eine Anzeige verzichtet.« Paul Bärenzung blickte schuldbewusst zu Boden. »Der Verhaftete ist am Tage nach seiner Einlieferung über den Gegenstand der Beschuldigung von einem Richter verhört worden. Weil keine zwingenden Haftgründe vorlagen, musste Maquet auf freien Fuß gesetzt werden.«

»Weshalb wurde ich nicht vor diesem Schelmenstück vor dieser Büberei zu Rate gezogen?«

»Weil Sie am 26. August einen freien Tag genommen hatten und nicht zugegen waren. Ohnehin hielt der Untersuchungsführer die Version von einem Putativdelikt für völlig plausibel.«

»Demzufolge sind Sie also nur der Überbringer der schlechten Nachricht und können persönlich nichts dafür. Setzen Sie sich doch bitte. Es gibt noch mehr besprechen. Wurde dieser Maquet nach der Bertillon-Methode vermessen?«

Kommissar Bärenzung wirkte nun wesentlich gelassener. »Aber selbstverständlich. So, wie es von Ihnen angeordnet wurde. Ich habe das Prozedere selbst überwacht, damit sich keine Fehler einschleichen konnten.«

»In Ordnung. Schicken Sie bitte einen gut ausgebildeten Kanzleisekretär hinüber ins Leichenschauhaus. Dort liegt jener Bursche auf Eis, dem ein Schutzmann am vergangenen Sonnabend vor dem Königlichen Opernhaus den halben Kopf weggeschossen hat. Ich hoffe nur inniglich, dass sich der Varietékünstler nicht auch dort schon wieder aus dem Staub gemacht hat. Der Kanzleisekretär soll ihn genauestens vermessen – jedenfalls an all jenen Stellen, die noch vorhanden sind.«

»Wird sofort erledigt.« Der Kommissar erhob sich wieder.

»Was ist mit der Taschendiebin, die sich als alte Frau verkleidet hatte? Ist die auch entlassen worden?«

»Sie meinen die Jungfer Margarete Hupka? Es lag kein Haftgrund gegen sie vor. Wie ich schon sagte, hatte der Herr Leutnant auf eine Anzeige verzichtet.«

Im nächsten Moment klopfte es an die Tür. Ein Bote aus der Depeschenzentrale überbrachte eine telegraphische Nachricht vom Königlichen Polizeipräsidium in Stettin, die an Louis von Angern gerichtet war. Darin stand: »euer hochwohlgeboren + Stopp + haben einen Betrüger festgenommen, der Möbel auf Kredit kaufen wollte + Stopp + können ihn noch bis morgen festhalten + stopp + Kriminalkommissar Curt Plonsker, Stettin.«

»Mein lieber Bärenzung, jetzt gilt es, die Beine in die Hand zu nehmen. Lassen Sie sofort den Kanzleisekretär von der Leine und fordern Sie anschließend beim Transportkommandanten eine Kutsche an. Sie soll uns auf dem schnellsten Weg zum Schlesischen Bahnhof schaffen. Wir beide, also Sie und ich, treten gleich nachher eine Reise nach Stettin an. Ach so, kündigen Sie bitte mit einer Depesche unseren Besuch im Stettiner Polizeipräsidium für den morgigen Vormittag an.«

*

Während der Eisenbahnfahrt in Richtung Osten, die über Mecklenburg nach Stettin führte, las von Angern in einem Stapel Zeitungen, die er in einem Bahnhofskiosk gekauft hatte. Im *Berliner Tageblatt* entdeckte er folgende Meldung: »Das Kaiserpaar hat der neuerbauten Lutherkirche zu Stettin ein großes Chorfenster geschenkt, das soeben vollendet worden ist. In dem Sockel des Fensters, welches eine Szene aus der Bergpredigt darstellt, befindet sich das Allianzwappen des Kaiserpaares nebst Dedikationsinschrift.«

Der Kriminalpolizei-Inspektor lehnte sich in dem bequemten Polstersessel des Erste-Klasse-Abteils zurück, ließ die Zeitung sinken und grübelte, was diese Meldung wohl für ihn zu bedeuten haben könnte. War sie ein gutes oder ein schlechtes Omen?

*

STETTIN, 14. SEPTEMBER 1893

Stettin war die Hauptstadt der preußischen Provinz Pommern und des gleichnamigen Regierungsbezirks. Mitten durch den Ort schlängelte sich die Oder, die von drei Brücken überquert wurde. Am linken Flussufer lag die eigentlich Stadt mit ihren weitläufigen neuen Bezirken und Vororten, die von schönen Alleen durchzogen wurden. Am rechten Ufer befand sich das Industriegebiet mit einer ausgedehnten Hafenanlage und etlichen Stichkanälen.

Den Königsplatz schmückten Denkmäler von Friedrich dem Großen und Friedrich Wilhelm III. Am Beginn der Kaiser-Wilhelm-Straße wachte Kaiser Wilhelm I. hoch zu Ross. Über das gesamte Stadtgebiet verteilt lagen neun evangelische, eine altlutherische, eine katholische und eine apostolische Kirche, vier Baptistenkapellen und eine Synagoge. Zu den herausragenden öffentlichen Gebäuden zählten der Regierungssitz im königlichen Schloss, das Oberlandesgericht und das Schauspielhaus. Schräg gegenüber vom Schloss in südwestlicher Richtung befand sich am Ende einer ausgedehnten Parkanlage das königliche Polizeipräsidium. Trotz desselben Namens war es drei Nummern kleiner als sein Gegenstück in Berlin. Aber hier in der Provinz gab es auch viel weniger kriminelle Elemente zu verfolgen als in der Reichshauptstadt.

Louis von Angern und Kriminalkommissar Bärenzung hatten im Hotel Nemitz am Berliner Tor übernachtet. Bis zum Polizeipräsidium waren es von dort aus nur ein paar Schritte. Kriminalkommissar Curt Plonsker hatte bereits auf sie gewartet. Er war ein kleiner, südländisch wirkender Mann mit solch starkem Bartwuchs, dass sein glattrasiertes Kinn und die Wangen dunkel glänzten. Der Polizeibeamte ließ keinen Widerstand gelten und schleppte seine Gäste zunächst in den Ratskeller. Dort traktierte er sie mit einem ausladenden Frühstück.

»Greifen Sie bitte zu, meine hochverehrten Herren Kollegen. Ein voller Bauch verhört nicht gern, ein leerer aber noch viel weniger. Ohne Ihren Hinweis wären wir auf den feinen Herrn nicht aufmerksam geworden. Er sitzt seit zwei Tagen bei uns ein. Der Möbelhändler Feist hatte sich bei uns gemeldet«, beeilte sich der Kriminalkommissar zu berichten.

»Darin besteht ja gerade der Trick. Der Handel an sich ist völlig legal. Erst später, wenn der Wechsel geplatzt ist, wird Betrug daraus. Wie nennt sich unser Freund denn diesmal?«

»Adolf Lanz-Schackwitz.«

»Haben Sie ihn nach dem Bertillon-System vermessen?«

»Ich habe zwar gehört, dass diese Methode in Frankreich Furore macht, aber hier wird sie noch nicht verwendet.«

»Egal. Ich will den Herrn zunächst nur in einem Mordfall befragen. Anschließend dürfen Sie ihn nach Stuttgart expedieren lassen, wo er seinen Beutezug gestartet hatte. Von dort aus kann er dann gerne nach Würzburg weitergereicht werden. Die Hauptsache ist, dass er unterwegs nicht verlorengeht.«

Im Polizeipräsidium befanden sich die Vernehmungsräume im selben Kellertrakt wie die Zellen. Es gab keine Fenster, sondern nur schmale Belüftungsschächte an den Außenwänden. Es roch nach nassen Ziegelsteinen, kaltem Tabaksrauch und Angstschweiß. An dem Verhör nahm außer dem Kriminalpolizei-Inspektor sowie den Kriminalkommissaren Bärenzung und Plonsker noch ein Kanzleischreiber teil. Louis von Angern hatte eine große

Kanne frisch gebrühten Bohnenkaffee und mehrere Flaschen Selterswasser bringen lassen.

Adolf Lanz-Schackwitz alias Freiherr Maximilian von Grolman wurde vom Schließer, einem gebeugten Graukopf in einer abgetragenen blauen Uniform, in Handschellen vorgeführt. Als der dem Delinquenten die Fesseln abnehmen wollte, winkte Louis von Angern ab. Er bot dem Betrüger auch keinen Stuhl an, sondern ließ ihn stehen. Der Schließer stellte sich in eine Ecke und wartete geduldig, wie er es ein Leben lang getan hatte.

Der Freiherr war unrasiert, sein Haupthaar nicht gekämmt. Die schwarze Hose aus gutem Tuch wies einige unschöne Knitterfalten auf. Das weiße Hemd war verschwitzt und am Kragen schon sichtlich angeschmutzt. Der Häftling hatte überdies seine Hosenträger, die Sockenhalter und die Schnürsenkel abgeben müssen. Diese Maßnahme sollte ihn an einem Suizid hindern, aber gleichzeitig war ihm damit ein Großteil seiner Würde genommen worden. Von der weltmännischen Haltung, die der Baron so eindrucksvoll beschrieben hatte, ließ sich nicht mehr viel erkennen.

»Mein Name ist Louis von Angern«, stellte sich der Kriminalpolizei-Inspektor vor. »Ich bin der Dezernatsleiter der II. Inspektion im Berliner Polizeipräsidium. Diese Tatsache lässt Sie sicherlich vermuten, dass mich ein äußerst wichtiger Grund zu einem Verhör nach Stettin geführt haben muss.« Mit diesen Worten goss er sich eine Tasse Kaffee ein und trank einen tiefen Schluck.

Der Häftling leckte sich die Lippen.

»Ihre Betrugshandlungen in Stuttgart, Würzburg, Erfurt und Halle interessieren mich nicht weiter«, setzte Louis von Angern fort. »Ich untersuche ausschließlich den Mordanschlag auf den Möbelhändler Oscar Xaver von Jouquiers in Berlin. Der Herr dürfte Ihnen nicht unbekannt sein, denn Sie haben ihm vor kurzem einen großen Posten an wertvollen Einrichtungsgegenständen abgekauft. Um es gleich vorwegzunehmen: Ich halte Sie nicht für den Mörder des Barons. Aber ich glaube mit Bestimmtheit zu wissen, dass Sie den Täter kennen.«

Lanz-Schackwitz schüttelte schweigend den Kopf.

»Winken Sie bitte nicht voreilig ab. Denken Sie in aller Ruhe über sich und Ihre augenblickliche Lage nach. Aufgrund Ihrer zahlreichen Betrugshandlungen haben Sie eine langjährige Gefängnisstrafe zu erwarten. Wenn Sie mit mir kooperieren und schonungslos alles offenbaren, was Sie wissen, werde ich ein gutes Wort für Sie einlegen. Das könnte Ihnen Ihr Los wesentlich erleichtern. Beispielsweise besteht ein großer Unterschied darin, ob Sie Ihre Jahre im Zuchthaus bei Wasser und Brot in einer Gemeinschaftszelle mit Vergewaltigern und Mördern absitzen müssen – oder ob das Gericht auf die minder schwere Form der Freiheitsstrafe *custodia honesta* erkennt, welch selbige als Festungshaft zu verbüßen ist und die mit dem Privileg der Selbstbeköstigung verbunden werden kann.«

Lanz-Schackwitz biss sich auf die Unterlippe, schwieg aber eisern.

»Dieses Angebot gilt nur jetzt und ist nicht verhandelbar«, sprach Louis von Angern weiter. »Ich werde Ihnen alsbald die erste Frage stellen. Um Ihnen Ihre Entscheidung zu erleichtern, will ich jedoch gleich verraten: Ich kenne sowohl den Mörder als auch sein Motiv. Ihre Aussage ist für mich nur insoweit von Belang, weil sie mir dabei helfen soll, einige dunkle Stellen zu erhellen. Doch ob so oder so. Der Strick für den Schächer liegt schon bereit. Sie brauchen ihn nicht zu knüpfen.« Der Kriminalpolizei-Inspektor blickte den Mann ernst an. »Falls Sie sich jedoch auf Ihre Ganovenehre berufen und weiter schweigen wollen, so tun Sie das. Dann stehe ich auf und reise ab, und zwar für immer. Sie sollten sich also darüber im Klaren sein, dass auf einen gescheiterten ersten Versuch kein zweiter Anlauf folgen wird. Allerdings will ich gerne dafür Sorge tragen, dass sich Ihre Anklageschrift nicht auf die Betrügereien und die Hochstapelei beschränkt, sondern um den Tatbestand der Beihilfe zum Mord erweitert wird. Dann kann Ihr Los im nächsten Jahrzehnt darin bestehen, dass Sie mit Fußfesseln an den Beinen und einer Spitzhacke in den Händen tatkräftig am Festungsbau mitwirken, anstatt oben im Turmzimmer französische Romane zu lesen. Wie also haben Sie sich entschieden?«

Adolf Lanz-Schackwitz war weichgeklopft. Er gab auf. »Ich werde Ihnen vorbehaltlos alles offenbaren, was ich weiß«, stieß er gepresst hervor:

Louis von Angern nickte Kriminalkommissar Plonsker zu. Der gab dem Schließer ein Zeichen, woraufhin dieser den Gefangenen von den Handschellen befreite und dann zur Tür hinaus schlurfte.

Kriminalkommissar Bärenzung stellte Adolf Lanz-Schackwitz einen Stuhl hin und legte vor ihm eine volle Schachtel Salem auf den Tisch.

»Bedienen Sie sich bitte«, sagte Louis von Angern und zeigte auf die Zigaretten. »Sie dürfen die Packung mit in Ihre Zelle nehmen. Allerdings müssen die Zündhölzchen aus Sicherheitsgründen hierbleiben. Aber bei Ihrem nächsten Hofgang wird Ihnen der Wärter Feuer geben, wenn Sie ihn darum bitten. Darf ich Ihnen eine Tasse heißen Bohnenkaffee anbieten? Wie wäre es mit einem Glas Wasser?« Ohne eine Antwort abzuwarten, goss er von beidem ein. »Nun zu meiner ersten Frage: Wann und wo haben Sie Sebastian von Balau kennengelernt?«

Der Häftling musste nicht lange überlegen. »Das war im Jahr 1872 in der Spielbank von Baden-Baden gewesen, kurz bevor sie geschlossen wurde. Von Balau und ich hatten rein zufällig zusammen an einem Roulette-Tisch gesessen und uns auf den ersten Blick als gewerbsmäßige Spieler erkannt.«

»Woran?«

»Nur Dummköpfe hoffen auf ihr Glück und auf den großen Reibach. Sie werfen ihr Geld zum Fenster hinaus und machen auf Dauer nur die Bank reich. Professionelle Zocker setzen keine hohen Summen auf einzelne Zahlen, auf *zéro* oder auf *double zéro*. Sie beginnen mit sehr kleinen Beträgen, die sie beispielsweise auf *rouge* platzieren. Dort wird eins zu eins ausgezahlt. Wenn ich beispielsweise einen Fünf-Mark-Jeton setze, bekomme ich im Fall des Gewinns den Einsatz zurück und einen weiteren Fünf-Mark-Jeton vom Croupier dazu. Solange ich verliere, verdopple ich den Einsatz in jeder Runde, also erst auf Zehn-, dann auf Zwanzig-, schließlich auf Vierzig-Mark-Jetons und so weiter. Sobald ich gewonnen habe, lege ich den Reingewinn in Höhe von fünf Mark beiseite und beginne von vorn. Dazu wechsele ich aber auf *noir, pair, impair, manque* oder *passe,* um nicht aufzufallen. Die übrigen Pointeure bekommen in der Regel davon nichts mit, und die Bankhalter lassen einen stillschweigend gewähren. Bei kleinen Gewinnen werden sie nicht aktiv, um die übrigen Schafsköpfe nicht zu verunsichern.«

Louis von Angern nickte. »Sie haben sich also vor rund zwanzig Jahren in Baden-Baden kennengelernt. Wie ging es dann weiter?«

»Nachdem die Spielbanken geschlossen wurden, mussten wir in private Zirkel ausweichen. Dort haben wir uns in allem versucht, was gerade in Mode war: Vingt-un, Onze et demi, Landsknecht, Pharao, Rouge et noir, Trente et quarante, Macao, Baccarat, Tempeln, ›Meine Tante, deine Tante‹, Dreikart, Kümmelblättchen, Lustige Sieben, Rauschen, Färbeln, Häufeln, Poker, aber auch Skat. Wir hatten uns einfache Codes wie Räuspern, Hüsteln oder Naserümpfen ausgedacht, um dem Partner verraten zu können, welche Karten momentan gehalten wurden. Das war eine gefährliche und nervenaufreibende Angelegenheit. Mitunter wurden wir von anderen Berufsspielern als Betrüger entlarvt und mussten Hals über Kopf flüchten.« Adolf Lanz-Schackwitz trank einen Schluck Wasser. »Nach einigen Jahren bin ich aus dem Hasardspiel ausgestiegen, weil es mir auf Dauer zu gefährlich wurde. Außerdem musste ich für meinen Geschmack zu häufig umziehen. Sebastian von Balau hat allein weitergemacht, gezinkte Karten verwendet und mit winzigen Spiegeln gearbeitet. Im Laufe der Zeit ist er spielsüchtig geworden. Er hat an Horoskope geglaubt und irgendwann gegen die wichtigste Grundregel verstoßen, die da lautet, nie über das selbstgesetzte Limit zu spielen. Von da an saß er auf einem absteigenden Ast. Es kam, wie es kommen musste: Er ist auf Leute getroffen, die sämtliche Tricks aus dem Effeff beherrschten, überhaupt keinen Spaß verstanden. Spielschulden sind Ehrenschulden. Wer eine Zahlungsfrist verpasst, verliert ganz schnell einen Finger oder sogar eine Hand. Sebastian von Balau musste immer mehr Geld aus seiner Firma ziehen. Am Ende hat er alles verloren.«

»Und dann hat er zu Ihnen Kontakt aufgenommen?«

»Die Verbindung zwischen uns war nie völlig abgerissen. Ab und zu, wenn sich eine günstige Gelegenheit ergeben hat, haben wir wie in alten Zeiten ein paar reiche Gimpel geschröpft. Bei einer dieser gelegentlichen Runden hatte ich ihm von meiner neuer Geschäftsidee mit dem Möbelkauf auf Kredit erzählt. Sebastian von Balau war sofort begeistert und hat mir das Terrain bei seinem Bruder bereitet. Die beiden konnten sich nicht leiden. Deshalb wollte von Balau den Baron in die Enge treiben lassen und ihm auf alle erdenkliche Weise wirtschaftlichen Schaden zufügen. Er hat sogar Taschendiebe engagiert, welche die Kunden bestehlen und damit den Geschäftsbetrieb stören sollten.« Lanz-Schackwitz schüttelte den Kopf. »Der Baron war wohl auch ohne diese Schwierigkeiten mit seinen vielfältigen Geschäften überfordert. Von Balau hoffte darauf, als Retter in der Not Direktor vom Möbelkaufhaus werden zu können. Sobald er das Ruder übernommen hätte, sollte es schlagartig mit dem Spuk vorbei sein. Sie kennen ja das Sprichwort: ›Neue Besen kehren gut.‹«

Louis von Angern nickte. »Das leuchtet mir alles ein. Kommen wir nun zu dem Mordanschlag.«

»Davon weiß ich nichts. In diese Pläne war ich in keiner Weise eingeweiht gewesen. Meine Aufgabe bestand lediglich darin, bei dem Baron einen großen Posten Möbel abzustauben. Diese Masche hatte ich, wie ich bereits erwähnte, anderweitig mit großem Erfolg ausprobiert. In Berlin bin ich dann dank der guten Vorbereitung durch meinen Kompagnon zur Höchstform aufgelaufen. Ich habe den absoluten Reibach gemacht. Ich bin so sehr in meiner Rolle aufgegangen, dass ich zeitweilig selbst daran glaubte, ein Freiherr zu sein. Aber dann fand ich auf den Boden der Realität zurück. Stettin sollte den Abschluss bilden. Danach wollte ich mich für längere Zeit zur Ruhe setzen.«

»Noch eine letzte Frage«, sagte Louis von Angern. »Weshalb sind Sie ein zweites Mal zur Firma ›Schröter & Gräbner‹ gegangen?«

»Von Balau hatte mich darum gebeten. Er wollte den Druck auf den Baron erhöhen.«

*

BERLIN, 15. SEPTEMBER 1893

In der Nacht zum Freitag hatte Louis von Angern nur wenige Stunden geschlafen. In den frühen Morgenstunden fuhr er in Begleitung von Kriminalkommissar Bärenzung und einem halben Dutzend uniformierter Polizeibeamter als Verstärkung in die Delbrückstraße im Grunewald.

Die Polizisten verteilten sich rings um das große Anwesen der Familie von Jouquiers. Es war noch merklich kühl. Von den Blättern der großen Bäume ringsum fielen Tautropfen. Einige Nachtvögel sangen weiterhin. Der Kriminalpolizei-Inspektor läutete an dem großen Eingangstor. Erst nach einer geraumen Weile kam ein junger Diener den Weg vom Haus zur Straße entlanggelaufen.

»Die Herrschaften ruhen noch«, meinte er. »Vor acht Uhr werden sie sich nicht erheben. Kommen Sie am besten nach dem Frühstück so gegen zehn Uhr vorbei.«

»Halten sich die Eheleute von Balau in der Villa auf?«, fragte von Angern.

»Sehr wohl, mein Herr, sie haben sich im Nordflügel einquartiert. Aber wie ich bereits sagte ...«

»Schluss jetzt mit dem Geschwätz«, unterbrach ihn Kriminalkommissar Bärenzung und zeigte den Haftbefehl vor. »Bringen Sie uns unverzüglich zu den Räumlichkeiten dieser Herrschaften.«

»Sehr wohl, meine Herren«, meinte der Diener mit einer Verbeugung und öffnete dann das Tor.

Im Nordflügel verbreiterte sich der Korridor zu einem runden Vorzimmer, in dem einige Korbmöbel und Blumenkübel standen. An den Wänden hingen großformatige Ölgemälde, die historische italienische Landschaften zeigten. Der Diener verschwand hinter einer Zwischentür. Dann war ein zaghaftes, später lauter werdendes Klopfen, Gewisper und Getuschel zu vernehmen.

Kurz darauf erschien Sebastian von Balau. Wie beim vorigen Mal war sein Haupthaar verstrubbelt und sein Kinn unrasiert. Doch im Hinblick auf seine Gewandung hatte er sich wesentlich verbessert. Statt des verschlissenen braunen Morgenrocks trug er nun eine seidene dunkelblaue Tunika chinesischer Machart, die von stilisierten Paradiesvögeln und hellblauem Revers geschmückt wurde.

»Aha, Sie schon wieder. Ich hoffe, Sie haben einen triftigen Grund für diese Belästigung. Wissen Sie, ich bin ein hart arbeitender Mensch und benötige dringend meinen Nachtschlaf.«

»Keine Sorge«, entgegnete Louis von Angern. »In den nächsten Tagen können Sie in Ihrer Gefängniszelle so lange ruhen, wie Sie nur möchten. Und in Kürze werden Sie schließlich als verurteilter Mörder zu ewigen Ruhe betten müssen.«

Sebastian von Balau erbleichte. »Bei unserer letzten Begegnung vor wenigen Tagen haben Sie mir versichert, ich würde nicht unter Verdacht stehen. Weshalb hat sich Ihre Ansicht so jäh geändert?«

»Christoph Maquet, ein talentierter Taschendieb und Artist, wurde von Ihnen angeheuert. Zuerst sollte er gemeinsam mit zwei weiteren Halunken im Möbelgeschäft des Barons die Kundschaft ausplündern. Bei einem dieser Bubenstücke wurde er von mir auf frischer Tat erwischt und inhaftiert. Gleich nach seiner Freilassung hatte er nichts Besseres zu tun, als Oscar Xaver von Jouquiers zu erdolchen. Dies geschah auf Ihr Geheiß hin, weil Ihre ursprünglichen Mordpläne nicht aufgegangen waren: Der Baron überlebte den Giftanschlag ebenso wie den inszenierten Unfall.«

»Sie leiden unter Fieber, verehrter Herr, und fantasieren«, empörte sich von Balau. »Solch einen blühenden Unsinn habe ich meinen Lebtag lang nicht gehört.«

»Es gibt einen Zeugen, der bereit ist, vor Gericht unter Eid gegen Sie auszusagen. Es handelt sich um Adolf Lanz-Schackwitz alias Freiherr Maximilian von Grolman.«

Die Gesichtsfarbe Sebastians von Balau wechselte von bleich zu schlohweiß. »Sie, Sie wollen mich ins Bockshorn jagen«, stammelte er.

»Keineswegs. Seine Aussage allein reicht völlig dazu aus, Sie an den Galgen zu bringen. Überdies sind derzeit mehrere talentierte Kriminalschutzmänner dabei, Ihr Haus in der Koschke Straße in Wilhelmsberg gründlich auf den Kopf zu stellen. Die Beamten suchen dort nach halbleeren Arsenik-Flaschen und Gefäßen mit Resten von ätzenden Flüssigkeiten wie Kupfervitriol. Zur Not tun es auch die entsprechenden Quittungen. Falls Sie jedoch nicht fündig werden sollten, lautet der nächste Befehl an meine Männer, auszuschwärmen und sämtliche Apotheker der Stadt zu befragen. Irgendein Pharmazeut wird sich schon an Ihr Gesicht erinnern, verlassen Sie sich darauf.«

»Was soll der Unsinn mit dem Arsenik? Ich verstehe nicht, was Sie meinen.«

»Baron von Jouquiers war nicht an der Cholera erkrankt, wie alle glaubten, sondern er ist vergiftet worden. Solange niemand Verdacht schöpfte, bestand kein Risiko für Sie. Doch nun haben wir die Haare des Toten chemisch untersuchen lassen und sind auf Ablagerungen von Arsenik gestoßen. Das Gift setzt sich nämlich in den Haaren fest und kann noch Wochen nach einem Mordanschlag zweifelsfrei nachgewiesen werden.«

»Von nun an sage ich kein Wort mehr«, blaffte von Balau erregt. »Sie gehören in die städtische Irrenanstalt! Im Polizeidienst haben Sie nichts verloren!«

Louis von Angern blieb die Ruhe selbst. »Kleiden Sie sich bitte an. Versuchen Sie bitte nicht zu fliehen. Das Gebäude ist umstellt.«

Der Stiefbruder des Barons drehte auf dem Absatz um und rauschte davon. Wenige Sekunden später fiel ein Schuss. Dann erklang ein durchdringender Schrei.

Die beiden Kriminalbeamten stießen die Tür auf und drangen in das Schlafzimmer vor. Sebastian von Balau lag reglos am Boden. Er blutete aus einer Wunde an der linken Schläfe. Neben ihm lag ein Revolver auf dem Teppich. Eine immer größer werdende Blutlache breitete sich um ihn herum aus. Radomila von Balau stand wenige Schritte von dem Toten entfernt. Sie hatte sich an die Wand gepresst und schrie ohne Unterlass.

*

Abends berichtete Louis von Angern seinem Freund Theodor Fontane von den Ereignissen.

»Ohne Ihre Hilfe wäre es mir nie gelungen, den Fall zu lösen. Nun hat aber auch der wahre Mörder seine gerechte Strafe gefunden.«

Der Schriftsteller löffelte ein Schälchen hellgelben Mandelpudding, auf den Mete etwas Himbeersirup geträufelt hatte.

»Köstlich, einfach köstlich«, lobte Fontane. »Sie sollten ihn auch probieren, mein lieber Freund. Anderenfalls entgeht Ihnen eine wahre Gaumenfreude.« Der Dichter stellte das leere Schälchen ab und beäugte es missmutig. »Leider sind die Portionen viel zu klein. Sobald man auf den Geschmack gekommen ist, ist alles wieder vorbei.«

»Das mir zugedachte Quantum steht nach meinem Verzicht noch zur Verfügung. Soll ich Mete sagen, ich hätte mich doch anders entschieden?«

»Mete mag vielleicht einfältig wirken, sie ist aber das ganze Gegenteil davon. In puncto Gewitztheit vermag ich ihr nicht das Wasser zu reichen. Falls ich mich auf diesen Kuhhandel einlassen wollte, würde sie mir nachher gehörig die Leviten lesen. Nun gut, lassen wir das. Wo waren stehen geblieben?«

»Ich sagte, dass ich froh darüber wäre, dass auch der wahre Mörder seine gerechte Strafe gefunden hat«, entgegnete der Kriminalpolizei-Inspektor.

»Das stimmt leider nur zur Hälfte«, seufzte Theodor Fontane. »Der wahre Drahtzieher, der *spiritus rector*, befindet sich immer noch auf freiem Fuß.«

»Wer sollte das sein, in drei Teufels Namen?«, fragte Louis von Angern verwundert.

»Sebastian von Balau war ein Spieler. Bislang hat er es immer wieder geschafft, sich aus jeder Bredouille herauszuwinden. Und noch etwas: Die Hoffnung stirbt zuletzt. Zum jetzigen Zeitpunkt gab es keinen triftigen Grund für ihn, sich umzubringen. Die Beweislage für das Mordkomplott war dünn. Es gibt keinen Zeugen, nur Indizien. Ein Hasardspieler gibt erst auf, wenn er bis auf das letzte Hemd alles verloren hat. Und so weit war es noch lange nicht. Aber der Hintermann oder, besser gesagt, die Hinterfrau sah ihre Felle davonschwimmen und hat sofort gehandelt.«

»Wie kommen Sie denn darauf?«

»Ich bin ein alter Mann und verfüge über reichlich Erfahrung. Daher weiß ich, dass Weibsbilder an Türen lauschen. Das liegt in ihrer Natur seit Adam und Evas Zeiten. Auch Radomila von Balau hat das getan, als Sie heute früh in der Grunewald-Villa ihren Gatten mit den Tatvorwürfen konfrontiert haben. Die feine Dame wusste ganz genau, dass sie gemeinsam mit ihrem Mann untergehen würde. Das wollte sie mit aller Macht verhindern. Vielleicht hatte sie auch Angst davor, dass von Balau versuchen würde, ihr die gesamte Schuld in die Schuhe zu schieben.« Der Dichter nickte unmerklich. »Irgendwann kurz vor Ende der Unterredung hat sie sich unbemerkt davongeschlichen, nach dem Revolver gegriffen und hinter der Schlafzimmertür auf ihren Gemahl gewartet. Gleich als er den Raum betrat, fiel der tödliche Schuss. Sie hat auf ihn ohne Anruf gefeuert.«

»Das klingt zwar plausibel, lässt sich aber nicht beweisen. In England wird derzeit ein hochmodernes kriminaltechnisches Verfahren getestet, das sich Daktyloskopie nennt. Mit seiner Hilfe lassen sich Fingerabdrücke nachweisen und eindeutig zuordnen. Auf diese Weise wäre es durchaus möglich, festzustellen, ob Radomila von Balau den Revolver in Händen gehalten hat, als der Todesschuss fiel. Doch in Deutschland wird diese Methode noch nicht angewendet.«

»Ach was, wenn es leicht wäre, einen Mörder zu überführen, wäre es ja einfach. Strengen Sie Ihren Geist an. Werden Sie fantasievoll. Geben Sie sich Mühe. Drehen Sie jeden Stein um. Irgendetwas werden Sie schon finden, was Radomila von Balau das Genick bricht.«

*

BERLIN, 19. SEPTEMBER 1893

Das Dienstzimmer von Kriminalkommissar Bärenzung lag ebenerdig im Nordflügel des Polizeipräsidiums und war nur einen Quergang vom Zellentrakt entfernt. Weil das Büro mehr Bequemlichkeit als die eigentlichen Verhörräume bot, hatte sich Louis von Angern die inhaftierte Radomila von Balau dort vorführen lassen. Die Untersuchungsgefangene trug ein Kopftuch, einen grauen Zuchthauskittel und Holzpantinen. Der Kriminalpolizei-Inspektor hatte sie ein paar Tage lang schmoren lassen, um sie gefügiger zu machen, aber es war ihm nicht gelungen.

Radomila von Balau blitzte ihn wütend an. »Das wird Ihnen noch leidtun, Sie hinterhältiger Mensch«, zischte sie. »Sobald ich wieder auf freiem Fuß bin, werde ich Himmel und Hölle in Bewegung setzen, um Ihnen das Handwerk zu legen.«

Der Kanzleischreiber rutschte unruhig auf seinem Stuhl hin und her. Er war es nicht gewohnt, dass hohe Beamte Vernehmungen durchführten. Noch weniger kannte er es jedoch, dass Häftlinge es wagten, ihren Vernehmer zu beschimpfen. Und falls sie es doch einmal wagen sollten, gab es sofort Saures mit einem Knüttel. Auch die Schließerin, eine dicke große Frau mit Händen so groß wie Kohlenschaufeln, runzelte verärgert die Stirn.

Louis von Angern hingegen folgte seiner eigenen Strategie und blieb deshalb die Ruhe selbst. »Sie kennen die Tatvorwürfe? Adolf Lanz-Schackwitz alias Freiherr von Grolman hat ausgesagt, der Befehl zum Mord am Baron sei von Ihnen gekommen.«

»Das ist alles totaler Mumpitz. Ich bin diesem angeblichen Freiherrn nie begegnet. Der Akrobat ist tot. Der kann nicht mehr reden. Aber der Möbelfritze lebt. Lassen Sie sich also von ihm mein Äußeres beschreiben. Er wird es nicht können. Soll er doch den Tag, die Uhrzeit und den Ort benennen, an dem er mich getroffen haben will. Er wird es nicht vermögen. Und wenn er sich ein Märchen ausdenkt, werde ich mit einem wasserdichten Alibi kontern und mehrere Zeugen mit einem einwandfreien Leumund benennen, welche die Wahrheit belegen können. Vergessen Sie bitte nicht: Ich bin eine berühmte Opernsängerin. Ich stamme aus gutem Hause. Dieser Adolf Schlanz-Lackwitz hingen ist ein Niemand, ein Dieb und ein Betrüger.«

Louis von Angern lächelte. »Ich habe noch andere Zeugen ausfindig machen können.«

»Da bin ich aber gespannt«, erwiderte die Gefangene mit einem sarkastischen Lächeln auf den Lippen.

Kriminalkommissar Bärenzung öffnete die Tür. Herein trat Carl Werner, der Page aus dem »Detailgeschäft v. Jouquiers«. Er deutete aufgeregt auf Radomila von Balau. »Die Dame kenne ich«, sagte er. »Sie stand an dem Tag, als der Offizier bestohlen wurde und der Herr Kriminalpolizei-Inspektor zwei der drei Täter gestellt hat, längere Zeit im Foyer herum. Sie befand sich in Begleitung eines Mannes mit buschigem Backenbart. Die beiden schienen auf etwas zu warten. Als der Diebstahl gründlich schiefgegangen war, sind die zwei wütend von dannen gerauscht.«

»Das beweist gar nichts«, höhnte Radomila von Balau. »Ich bin zufällig zur selben Zeit am selben Fleck gewesen.«

»Sie streiten also gar nicht ab, dass Sie vor Ort waren und alles ganz genau mit ansehen konnten? Finden Sie es dann nicht höchst merkwürdig, dass Sie Ihr Erlebnis mit keiner Silbe erwähnten, als wir uns in der Königlichen Oper trafen?« Louis von Angern zog die Augenbrauen hoch.

»Erstens gab es da einen Zwischenfall mit zwei gleichen Kleidern, der andere Gespräche unmöglich machte. Zweitens hatten Sie Freizeit. Ich wollte Ihre ohnehin schon schlechte Laune nicht weiter vergrößern und Sie mit dienstlichem Kleinkram belästigen.«

»Carl, das hast du sehr gut gemacht.« Louis von Angern tätschelte dem Pagen den Kopf. »Du kannst jetzt gehen. Ich melde mich später noch einmal bei dir. Und Sie, Kriminalkommissar Bärenzung, lassen bitte die nächste Zeugin herein.«

Es erschien Margarete Hupka, eine schlanke Frau von Ende zwanzig. Sie hatte ihr dunkelbraunes Haar zu einem Knoten gebunden und trug schwarze Trauerkleidung. Zwischen ihrer jetzigen Erscheinung und ihrem Auftreten als alte Matrone im Möbelkaufhaus lagen Welten.

»Kennen Sie die Gefangene dort auf dem Stuhl?«, fragte sie der Kriminalpolizei-Inspektor.

»Aber gewiss doch. Das ist die ehemalige Opernsängerin Radomila von Balau. Sie hat meinem Geliebten viel Geld versprochen, wenn er Baron Oscar Xaver von Jouquiers ermordet und die Tat wie einen missglückten Raubüberfall aussehen lässt. Ich war bei diesem Gespräch selbst zugegen.«

»Du lügst, du fiese Schlampe!«, kreischte die Gefangene wie von Sinnen und sprang auf.

Die Schließerin legte ihr die rechte Hand auf die Schulter und drückte die schwarze Witwe, ohne dabei die geringste Anstrengung zu zeigen, wieder auf ihren Platz zurück.

»Du alte Hexe bist schuld daran, dass mein Sohn ohne Vater aufwachsen muss. Mögest du auf ewiglich in der Hölle schmoren«, keifte Margarete Hupka. »Am liebsten würde ich dir die Augen auskratzen und dir das Herz aus dem Leib reißen.«

*

Am Abend gab es bei Theodor Fontane kleine, in heißem Schmalz gebackene Krapfen aus Weizenmehl, die mit Obstmarmelade gefüllt und mit Puderzucker bestreut waren. Auf dem Teller des Dichters lag ein Gebäckstück, hingegen hatte Louis von Angern drei abbekommen. Kaum hatte Emilie Fontane den Raum verlassen, da spießte der Kriminalpolizei-Inspektor einen Krapfen mit der Gabel auf und platzierte ihn auf dem Teller des Dichters.

Das Gespräch drehte sich eine Zeit lang um irgendwelche Nichtigkeiten. Schließlich berichtete Louis von Angern ausführlich über das Verhör.

»Glauben Sie daran, dass die Geliebte von Christoph Maquet tatsächlich die Wahrheit gesagt haben könnte?«, fragte er zum Schluss. »Mir scheint es eher, dass sie lediglich Rache nehmen will. Ihr toter Intimus wird sie in alles eingeweiht haben. Deshalb weiß sie genauestens Bescheid – aber sie kennt die Geschichte nur vom Hörensagen. Und das hat vor Gericht keinen Bestand. Ich kann mir nämlich beim besten Willen nicht vorstellen, dass Radomila von Balau so leichtfertig gewesen sein soll, sich in die Hand einer Taschendiebin zu begeben.«

»Ich stimme Ihnen hundertprozentig zu. Das klingt äußerst unwahrscheinlich. Aber gutes Recht braucht manchmal Hilfe. Die Wahrheit werden Sie ohnehin nicht mehr herausfinden können, weil alle übrigen Beteiligten mausetot sind. Nun steht Aussage gegen Aussage. Lassen Sie alles so, wie es ist. Oder wollen Sie aus rein formalen Gründen einen Freispruch riskieren, obwohl Sie präzise zu wissen glauben, dass Radomila von Balau große Schuld auf sich geladen hat? Nein? Na, da sehen Sie. Außerdem sind Sie nicht der Richter. Er ist es, der die Beweise zu würdigen hat und sich von Schuld oder Unschuld überzeugen lassen muss.« Der Dichter nahm sich einen Krapfen und aß ihn genüsslich auf. »Wie wäre es nun mit einer Partie Dame? Sie dürfen allerdings nicht die weißen Steine nehmen, weil sie die schwarze Dame bereits besiegt haben.«

Epilog

Ende Oktober 1893 musste sich Radomila von Balau vor der 3. Strafkammer des Königlichen Landgerichts I. in Berlin verantworten. Der Tatvorwurf lautete auf Beihilfe zum Mord. Alle übrigen Anklagepunkte hatten wegen der schwierigen Beweislage fallengelassen werden müssen.

Der Vorsitzende Richter Hartmann von Stecklenburg schenkte aus Standesdünkeln der Aussage der Taschendiebin Margarete Hupka so gut wie keinen Glauben. Aber er hielt die Angeklagte auch nicht für völlig unschuldig und wollte sie keinesfalls ungeschoren davonkommen lassen. Am Ende wurde Radomila von Balau gemäß § 222 Reichsstrafgesetzbuch zu einer Gefängnisstrafe von zwei Jahren verurteilt, weil sie durch Fahrlässigkeit den Tod eines Menschen verursacht hatte: Sie war in die Mordpläne ihres Mannes eingeweiht gewesen, hatte aber nichts unternommen, um sie zu vereiteln.

Als Adlige fiel die ehemalige Opernsängerin unter die Bestimmung des § 17 Reichsstrafgesetzbuch, der für Angehörige der hohen und gebildeten Schichten Festungshaft vorsah. Ihre Strafe hatte sie als sogenannte Stubengefangene in der Landbastion der preußischen Festung Ehrenbreitstein zu verbüßen, die sich gegenüber von Koblenz an der Moselmündung erhob.

Insgesamt gab es dort fünf weibliche Gefangene, die von den männlichen Häftlingen getrennt untergebracht wurden. Jede hatte eine eigene, spartanisch eingerichtete Kammer, die abends mit Einbruch der Dunkelheit verschlossen wurde. Tagsüber durften sich die inhaftierten Frauen frei auf dem Flur bewegen und sich nach Belieben in einem Gemeinschaftsraum aufhalten.

Innerhalb der kleinen Gruppe gab es eine strenge Hierarchie. Jede frisch Verurteilte musste so lange den Latrinendienst verrichten, bis sie vom nächsten Neuzugang abgelöst wurde.

Am 5. November 1893 erkrankte Radomila von Balau schwer. Sie hatte sich beim Schrubben der Aborte mit einer besonders heimtückischen Form der asiatischen Cholera infiziert und starb bereits drei Tage später um fünf Uhr morgens einsam und voller Schmerzen. Ihre letzte Ruhestätte fand die ehemalige Opernsängerin in einer Kalkgrube auf dem Gottesacker der Festung Ehrenbreitstein.